CURSED SOULD

(VOL.4)

— Thriller —

ROMAN

CURSED SOUL

(VOL.4)

François-Xavier MULLER

ECHO Editions
www.echo-editions.fr

Direction Artistique : Émilie COURTS
Photo de couverture : EC Média

ISBN : 978-2-38102-2345

Avertissement.

La partie IV est un segment ouvertement érotique décrivant de manière explicite des rapports à caractères sexuels entre jeunes adultes de plus de dix-huit ans.

Telle mère, telle fille, mais parfois le bouton n'a pas le parfum de la fleur entièrement éclose.

Sophie Cottin ; Claire d'Albe (1798)

Introduction

Il y a longtemps, une femme magnifique a tué un roi.

De nombreuses années plus tard, sa fille s'apprête à aimer un prince.

Prologue

29 Janvier 2027, 15 h 42.

Au Mercy Hospital de Miami, un petit garçon de cinq ans passe en courant les portes d'entrée automatiques. Telle une furie, il se rue vers le comptoir de l'accueil.

— Ma petite sœur arrive ! Ma petite sœur arrive !

Les deux femmes présentes là, brutalement coupées dans leur conversation, regardent le petit monsieur avec stupeur. Plus que ses cris, la tenue de l'enfant a quelque chose de surprenant.

Il porte un smoking noir avec un nœud papillon.

— Vous m'avez entendu ? Ma petite sœur arrive ! Il faut préparer un lit pour ma maman !

— Doucement mon garçon, dit une des femmes. Où est-elle ta maman ?

— Elle est sur le parking avec mon papa dans la voiture ! Le bébé dans son ventre va bientôt sortir ! Vite ! Faites quelque chose !

L'équipe d'usage est réunie en un temps record et un lit ne tarde pas à rejoindre le luxueux véhicule. Une limousine noire.

La femme enceinte, arrivée au terme de sa grossesse, a perdu les eaux. On demande au père d'enfiler une blouse, un masque est des surchaussures.

Le petit garçon lui, a déjà trouvé d'autres enfants avec qui jouer en salle d'attente.

Un autre couple arrive. Un homme, habillé en pingouin, accompagné d'une blonde à queue de cheval. On leur demande de rester en salle d'attente.

Elisha, la ravissante quadragénaire allongée sur le brancard qui la conduit en salle d'examen, n'a jamais été aussi inquiète.

La faute à cette gynécologue obstétricienne qui quelques semaines auparavant, a fichu la trouille à la future maman en l'avertissant qu'il était risqué d'accoucher à quarante ans.

Pour elle. Et pour le bébé.

Une fille.

Catherine Andrea Sainte-Rose, du nom de sa grand-mère et de sa tante par alliance.

Elisha n'a pas eu peur quand elle a su qu'elle serait la maman d'un petit garçon. Les hommes, elle ne les connaît que trop bien. Elle connaît leurs faiblesses, leurs défauts et surtout, leur plus grande particularité. En effet, concernant 90 % de la population masculine mondiale, ils restent enfants jusqu'à 99 ans.

Alors un petit homme haut comme trois pommes ? Pas de problème.

« *Une fille en revanche... c'est une autre paire de manches* », pense-t-elle.

Les filles de la famille Preston, semblent victimes d'une sorte de malédiction qui les éloignent du bonheur pour finalement le leur offrir brutalement. On serait tentés de penser que, de ce point de vue, ce n'est pas réellement une malédiction.

Le malheur avant le bonheur ? C'est finalement le lot de la plupart des gens qui vivent sur terre. Et pour d'autres, c'est bien pire puisqu'ils vivent la chose inverse. Une vie parfaite. Frappée par un grand malheur.

La déesse se souvient que le bonheur parfait qu'elle vit actuellement lui a coûté très, très cher.

Offerte à la mafia par sa mère. Hypnotisée, rendue amnésique, la belle a été tour à tour, gogo danseuse, escort girl, prostituée, actrice de porno...

Elisha a dû atteindre le fond du puits sans fond de la honte et du déshonneur avant d'accéder au sommet de la montagne du bonheur. La récompense en valait la peine. Mais le voyage a fait mal. Très mal. Et la déesse craint que sa fille ne doive à son tour traverser le même océan de malchance avant de pouvoir devenir celle qu'elle veut être.

En aura-t-elle la force comme sa mère et sa grand-mère avant elle ?

Ne prenons pas de risques.

Elisha en fait le serment.

Catherine ne connaîtra pas tous ces déboires.

En fait, elle ne connaîtra rien du tout.

*

Février 2047. Centre-ville d'Oxford, à 4 km de la Oxford Brookes University. Angleterre.

Ce matin-là, la jeune Kate était la seule passagère du bus à porter une jupe.

Alors que les autres femmes grelottaient littéralement sous leurs manteaux de fourrure et leurs anoraks, la jeune femme brune portait un simple hoodie bleu ciel sous lequel était dissimulé un discret et doux pull de laine rose.

Ses longues chaussettes noires, semblaient suffire à lui réchauffer les jambes, et ses ballerines noires lui assuraient un grand confort de déplacement.

La ville tout entière était gelée comme frappée par une nouvelle ère glaciaire. Mais Catherine donnait l'impression étrange de vivre dans un autre monde. Loin des autres mortels qui l'entouraient.

En effet, elle était la seule à ne pas sembler se préoccuper du froid.

Ses écouteurs sans fils vissés dans ses oreilles, Kate écoute pour la dix millième fois la chanson *I love you more than yesterday* de Daniel Lopes présente sur la bande originale du film *Les caprices de l'univers.*

À la fois triste et sereine, Kate sent son cœur battre la chamade, prêt à défoncer sa poitrine, elle sait que quand elle arrivera à destination, il sera là. Jesse.

Le magnifique garçon, qui suit le même cours de photographie qu'elle.

Sa seule pensée suffit à faire trembler les genoux de la jeune femme alors qu'une immense chaleur s'empare de son corps tout entier.

Tout le monde a froid en ce matin de février. Mais pas elle.

En réalité, la jolie brune ténébreuse n'avait encore jamais ressenti ça pour un garçon ni pour personne. Celle que l'on surnomme *la beauté froide* ou *Mercredi Adams* pour l'embêter, a pour la première fois depuis longtemps, les joues roses.

Arrivé à St Clement Street, le bus s'arrête pour prendre de nouveaux passagers.

— La vache ! s'exclame un garçon qui vient à peine de monter. Blanche neige avec des couleurs ? Qu'est-ce qui t'arrive, princesse, tu es malade ?

— Qu'est-ce que tu veux Tyler ? demande Kate.

— On est à mon arrêt, j'ai bien le droit d'aller en cours moi aussi.

— On ne s'est pas compris. Qu'est-ce que tu *me* veux, Tyler ?

— Rien… sinon la perspective de t'inviter à déjeuner avec moi comme… tous les jours depuis un an et demi, dit-il en ramenant ses cheveux bruns mi-longs derrière ses oreilles.

— Tyler… on en a déjà parlé.

— Quoi ? Tu préfères manger au campus plutôt qu'en ville ? Ça ne me poserait pas de problème si je savais que tu as une bonne raison.

— J'ai une bonne raison.

— Nan ! Jesse Gallagher, ce n'est pas une bonne raison.

— C'est une bonne raison pour moi.

— Il sort déjà avec Britney Dunham, je te l'ai encore dit hier soir par texto.

— J'ai de plus gros seins qu'elle.

1. Malentendu.

Oxford Brookes University, anciennement Oxford School of Art, est née en 1865.

C'est en 1992 que l'établissement a adopté le nom de John Brookes, en hommage à un artiste local, philanthrope, et directeur de l'université pendant plusieurs années.

Aujourd'hui, le campus de Headington accueille plus de dix-huit mille étudiants, dont plus de 20 % viennent des quatre coins du monde. Une année y coûte environ 9000 £ (soit à peu près 11 800 €).

L'université possède 3 campus à Headington, Wheatley et Harcourt Hill et possède même son propre système de transports en commun pour les étudiants qui souhaitent se rendre d'un campus à l'autre.

Le centre de Headington est réputé en Angleterre, ce dernier accueille une grande partie des étudiants, notamment via des solutions de logement sur place, et met à leur disposition des bibliothèques et laboratoires de recherche haut de gamme, de même qu'un centre d'entraînement sportif équipé des dernières technologies.

Jesse Gallagher fait partie de ce que l'on appelle vulgairement : un gosse de riche. Enfant unique de la riche famille Gallagher, le jeune blondinet au look de gentleman typique transporte malgré lui un riche patrimoine historique.

En effet, il faut s'intéresser à l'étymologie du nom Gallagher.

C'est la forme anglicisée du gaélique *O'Gallchobair* qui signifie : *descendant de Gallchobar.* Ce nom de famille est formé à partir des éléments *Gall* qui signifie *l'étranger* et *Cabhair* qui veut dire *Soutien.* Ce nom qualifie la descendance de Gallagher qui était lui-même descendant du roi d'Irlande qui régna de 624 à 654. La devise des Gallagher est : *La fidélité est ma gloire.*

Et aujourd'hui, Jesse va honorer cette devise.

Kate n'en finit plus de transpirer. Celle qui n'affiche habituellement que peu d'émotions n'a jamais autant paru si humaine qu'aujourd'hui.

La jeune femme est si nerveuse à l'idée de croiser l'objet de toutes ses convoitises, qu'elle se surprend à longer les murs, s'attirant par la même occasion, les moqueries des autres étudiants. Mais Kate s'en fiche. Elle a un plan.

Jesse Gallagher est un grand fan du groupe Aerosmith. Et Kate lui a préparé une compil exprès pour lui.

« *Ça lui fera sûrement plaisir* », pense-t-elle en souriant.

Une tape sur son épaule l'envoie jusqu'à la lune.

— Tu es ridicule, dit Tyler.

— Putain ! tu m'as fait peur, Tyler, merde ! J'ai cru que c'était…

— Lui ? Tu te tracasses pour rien. Monsieur *sans intérêt* est en ce moment même dans les toilettes des garçons en charmante compagnie, dit-il en remontant ses épaisses lunettes carrées sur son nez.

— Tyler… s'il te plaît, laisse-moi tranquille. Je sais ce que je fais.

— Catherine.

Ce nom indique en général de gros problèmes à venir. Quand Tyler le prononce, cela ne peut vouloir dire qu'une seule chose.

Il parle sérieusement. Et il est inquiet.

— Tyler ?

— Catherine, je mets mes sentiments personnels de côté, tu comprends ? Je ne suis pas en train de faire une crise de jalousie. Je te mets simplement en garde sur le fait que les choses ne vont pas se passer comme tu le souhaites.

— Tu es quoi ? Un devin ?

— Non. Je suis ton pote.

— Alors, fais-moi confiance.

Kate pouvait bien prétendre qu'elle contrôlait la situation, elle ne put s'empêcher de foncer droit comme un missile vers les toilettes des garçons.

En ces lieux, une tout autre ambiance est à la fête dans une des cabines.

Le bruit singulier du va-et-vient de la bouche de Britney sur le pénis de Jesse fait trembler le jeune homme de tout son être.

Son organe sexuel désormais totalement engourdi, ne semble plus lui appartenir. Il est dans sa bouche à elle. Il lui appartient. Et la chaleur qui se dégage du bout de son gland lui donne presque envie de pleurer.

— Oh… mon dieu… Brit ! C'est… c'est trop bon.

Pour toutes réponses le jeune homme n'obtient qu'un va-et-vient légèrement plus rapide, ainsi qu'une petite main tiède qui lui caresse le ventre directement sous sa chemise.

La sensation de ses ongles longs sur sa peau lui donne des frissons.

— Je vais jouir, Brit ! Pou… pousse-toi !

— Ça va aller, répond la blondinette à l'imposante tignasse bouclée, tu peux venir dans ma bouche.

— Tu… tu es folle.

Mais la brûlure au bout de son pénis indique au jeune homme que c'est trop tard. Il est déjà en train d'éjaculer. Jesse est obligé d'enfoncer fermement son visage à l'intérieur de son coude pour ne pas qu'on l'entende hurler.

La jeune fille, comme si elle avalait sa propre salive, ne laisse rien paraître.

— Tu l'as fait à d'autres mecs ? demande Jesse.

— Non. Tu es le seul pour qui j'accepte de le faire.

— Pourquoi ?

— Parce que je t'aime !

— Moi aussi je t'aime.

— Au fait, tu l'as revue ?

— Qui ça ?

— Tu sais de qui je parle. Mercredi.

— Ah elle… non pas depuis la semaine dernière, quand elle m'a abordée à la machine à café en prétendant avoir une révélation à me faire.

— Ouh ! Elle va enfin te faire sa demande, dit-elle moqueuse.

— Arrête ! Ne sois pas méchante avec elle.

— Je t'en prie. Toute l'université sait qu'elle est amoureuse de toi depuis… *Le truc.*

— Oh putain… le truc… mais il n'y a même pas de truc ! C'est elle qui a imaginé ça.

— C'est un peu de ta faute aussi.

— J'ai simplement cru qu'elle allait se faire agripper par une voiture alors qu'elle marchait à quelques centimètres devant moi sur un trottoir. Elle était très proche du bord et quand cette voiture est arrivée à toute vitesse, je l'ai tirée vers moi et l'ai serrée très fort dans mes bras. Tout ce que j'ai vu, c'est son sac à dos, passé sous le véhicule sans même être touché. Quand j'ai de nouveau tourné la tête pour m'assurer qu'elle allait bien, elle était en train de me fixer avec ses grands yeux verts. J'ai vu deux énormes émeraudes, comme deux grands soleils prêts à m'avaler tout entier…

— Ouh ! Décidément, ça se précise.

— Elle a probablement pensé que je lui avais sauvé la vie alors qu'en fait, pas du tout.

— Dis-le-lui alors. Qu'elle se trompe. Que c'est un malentendu.

— Ce serait stupide de faire ça, dit-il en remettant sa cravate.

— Pourquoi ça ?

— Parce qu'on ne sait jamais de quoi l'avenir est fait. Je pourrais avoir besoin qu'elle me rende service un jour, autant que je sois dans ses bons papiers. Nous sommes en deuxième année, autrement dit, c'est la moitié du cursus de cette université. Autant garder un atout dans ma manche si je me retrouve dans la merde.

— C'est pas bien, dit-elle souriante.

— Qu'est-ce que j'en ai à foutre ?

Le couple quitte donc les sanitaires dans la plus grande discrétion. Jesse sort le premier, furtivement suivi de Britney.

Pas vu, pas pris comme dit l'expression.

Le couple s'en va donc, satisfait de tout contrôler. Mais ce qu'ils ignorent, c'est que dans la cabine voisine à celles de leurs ébats, un petit ange aux longs cheveux bruns les avait rejoints avec le pas léger d'un chat.

Sans être entendue par les deux amants, Kate avait pénétré les toilettes des garçons à son tour et, en entendant que les accusations de Tyler étaient vraies, décida de ne pas les interrompre. Et de simplement les écouter.

— Agnes ? dit-elle en s'adressant à sa montre. Efface le fichier *Aerosmith*.

— *Tout de suite, madame.*

2. Impossible amour.

Juin 2045. Lycée de Hope Valley. États-Unis.

Ethan *Ed* Argento, est un beau jeune homme à la tignasse brune parfaitement fixée par de la poudre coiffante.

Tous les avantages de la laque et du gel sans les inconvénients dit-il, car d'après lui, le gel rend les mains grasses et il est persuadé que la laque lui abîme le cuir chevelu.

Chacun a raison de son propre point de vue, mais il n'est pas impossible que tout le monde ait tort.

Gandhi

Ce matin, Eddy a bien du mal à déambuler dans les couloirs du lycée, car l'imposant bouquet de roses rouges qu'il transporte lui gêne légèrement la vue. En effet, il a prévu de l'offrir à l'élue de son cœur depuis presque quatre ans.

Celle qu'il a rencontrée lors du premier jour de la première semaine du premier mois de leur première année de lycée.

La beauté brune à la timidité largement aussi grande que la sienne et qui lui tourne le dos au bout d'un interminable couloir, la seule et unique…

— Mademoiselle Sainte-Rose ! s'exclame la directrice, madame Anders. Je peux vous parler un instant ?

La beauté brune vêtue d'une jupe écossaise, d'une petite chemise blanche recouverte d'un gilet noir sans manche, se tourne avec la grâce d'une gazelle, ses énormes lunettes rondes, ne parviennent pas à dissimuler l'éclatant vert émeraude de ses yeux.

Ses longues chaussettes noires et ses souliers la feraient presque ressembler à une étudiante anglaise avant l'heure.

— Bon sang ! Je n'ai jamais réussi à m'y faire, dit la dame.

— Quoi donc ? demande Kate.

— Votre ressemblance avec votre mère ! c'est prodigieux de constater à quel point on peut avoir l'impression que le temps s'est arrêté.

— J'aimerais que ce soit vrai, dit la jeune fille. Je n'ai pas vu passer mes quatre ans ici et j'en ai apprécié chaque jour. Ma mère avait raison en disant que cette ville aimait les artistes en herbe. Les options d'art de ce lycée ont été une bonne préparation pour m'attaquer à Oxford.

— Je suis ravie de l'entendre ! Vous savez, votre mère avant vous a été une de mes plus brillantes étudiantes du temps où j'enseignais encore.

— Je le sais, elle m'a dit le plus grand bien de vous.

— Ça me touche beaucoup. Catherine… si j'ai désiré vous parler, c'est pour vous donner exactement le même conseil que j'ai donné à votre mère il y a maintenant plus de quarante ans.

— Lequel ?

— Quand votre sœur est venue pour déposer votre dossier d'inscription, elle m'a expliqué ne pas avoir pu concrétiser son projet d'étudier en Angleterre sans me donner plus de détails.

— Je vous rassure je n'en sais pas plus que vous, ma mère est très discrète en ce qui concerne son passé.

— Je vois… il n'empêche que vous semblez avoir décidé de… conjurer le sort en quelque sorte ?

— Ça n'est pas tout à fait ça. Aller à Oxford est mon projet personnel. Je veux étudier l'art en général, les nouvelles technologies et si c'est possible me spécialiser pour la photographie.

— Vous me rassurez, je voulais justement vérifier par moi-même que vous ne faisiez pas ça à contrecœur. Que c'était votre propre projet d'avenir.

— Ça l'est, ne vous inquiétez pas. Et si dans la foulée ça permet d'envoyer au moins une Sainte-Rose de la famille en Angleterre alors je fais d'une pierre deux coups, dit-elle souriante.

— C'est parfait. Alors voici mon conseil. Amusez-vous ! Apprenez ! Et surtout, ne laissez personne, PERSONNE vous freiner. Devenez qui vous voulez être. Faites ça pour moi d'accord ?

— Et un peu pour moi aussi.

Tandis que les deux femmes rient ensemble, Eddy, dissimulé dans le renfoncement d'un des murs du couloir, observe la scène, toujours gêné par ces roses rouges qui lui cachent la vue.

La guêpe qui butinait depuis tout ce temps à l'intérieur du bouquet semble agacée par l'incessant remue-ménage du garçon.

Collé à son nez, l'insecte pousse le jeune homme à quitter précipitamment sa cachette en hurlant.

— Une guêpe ! Aaaah ! Au secours !

Alors qu'un corps avec un bouquet de roses rouges en guise de tête se tamponne d'un mur à l'autre, les deux femmes en viennent à la conclusion que leur discussion est terminée.

— Je crois deviner pour qui sont ces roses, dit Madame Anders, souriante. Catherine, si dans le futur vous avez besoin de conseils pour vos projets, n'hésitez pas à me contacter d'accord ?

— Pas de problème, madame. Encore merci.

Presque aussitôt, Kate et Eddy se font face. La jeune femme est nerveuse, mais réussit à parfaitement le dissimuler. Tout le contraire de son interlocuteur.

— Elle est partie cette sale bête. J'ai horreur des guêpes. Un jour en buvant un coca, une de ces bestioles s'était glissée dans la bouteille et m'a piqué l'intérieur de la joue… depuis… je les évite.

— Je vois… dit-elle rougissante. Mais aujourd'hui, tu as bravé ta peur pour m'apporter ces roses ?

— Non, ce n'est pas pour ça !

— Quoi ? Elles ne sont pas pour moi ?

— Si ! Mais ce n'est pas pour ça que j'ai amené ce bouquet.

— Tu ne comptais pas me l'offrir ?

— Oui, j'avais prévu de te le donner, mais je ne savais pas qu'il y avait une guêpe à l'intérieur !

— Rassure-moi tu… tu as compris que je plaisantais n'est-ce pas ? Je ne suis pas idiote, je me doute très bien que tu n'as pas fait exprès d'amener une guêpe au lycée.

— OK… pourquoi on est aussi nerveux à chaque fois qu'on se voit ?

— Tu sais parfaitement pourquoi.

— Je pensais qu'il y avait prescription.

— Ça fait deux ans, Ed.

— C'est ce que je disais, il y a prescription.

— Eddy… on est brièvement sortis ensemble il y a deux ans, c'était pas mal jusqu'à ce que tu commences à me regarder comme une déesse grecque et à me hisser en haut d'un piédestal. Tu m'as fait peur.

— Kate, j'ai mûri aujourd'hui. Je ne suis plus le petit garçon agaçant qui t'a tourné autour il y a deux ans. Je sais que je t'aime et je suis certain de mes sentiments.

— Écoute. Même si je décidais de nous redonner une chance, de toute manière les dés sont jetés. Je pars en Angleterre après les vacances d'été. Je ne reviendrais que dans trois ans. La seule manière pour nous d'être ensemble serait… ah, ah ! Que tu me suives en Angleterre ! dit-elle sur le ton de l'humour.

Sur ces mots, la montre de Kate se mit à sonner. Un coup de téléphone qui tombe à pic.

— C'est ma grande-sœur Shirley, il faut que je réponde. Je suis désolée Ed. Il y a d'autres filles et je ne veux pas que tu souffres en m'attendant, dit la jeune fille en s'éloignant.

En l'observant fixement, Ethan Argento jurerait voir des larmes couler de ses magnifiques yeux verts. Lui-même, malgré ses airs de garçon d'habitude si confiant, est presque sûr de sentir couler quelque chose le long de sa joue.

Tout ce que je sais, c'est qu'à mes yeux
Tu as l'air d'être super fun.
Ouvre-moi tes bras aimants.
Prépare-toi, me voilà !

Tu m'fais tourner en rond, bébé, en rond
Comme un disque bébé
En rond, rond, rond.

Si je venais à savoir ton nom,
Alors je pourrais pister ton numéro privé, bébé.

Traduit de Dead or Alive (You spin me round).

3. L'INVITE.

Février 2047. Oxford.

Alors qu'elle sort des toilettes, Kate se sent incroyablement minable.

Ne laissez personne vous freiner disait Madame Anders. C'est donc ça que ça signifiait. *Ne pas s'écarter du chemin.* Jesse Gallagher n'aura finalement été qu'un moment d'égarement. C'est du moins ce dont la sirène blessée essaie de se convaincre. Mais les sentiments sont plus forts que les faits et parfois, nos émotions nous rendent incohérents. Catherine Sainte-Rose, avec son QI de 130, est une jeune fille douée. Son intelligence est supérieure à la moyenne. Mais même très intelligent, le cerveau reste moins puissant que le cœur.

Quand on est à court de bon sens, il faut un ami pour vous guider vers le droit chemin. Quelqu'un qui écoute, qui comprend sans juger et qui trouve la solution dont vous êtes incapable.

Kate marchait bien trop vite. Et ses yeux emplis de larmes l'empêchaient de le voir correctement en travers du chemin.

Tyler Monaghan. Son confident. Son ami.

En le heurtant, le jeune homme a eu le réflexe de la rattraper et de la serrer très fort pour l'empêcher de chuter. Un geste qui paraît-il, la fait craquer.

— Je te tiens ! s'exclame le jeune homme.

— Tyler… tu avais raison. J'aurais dû t'écouter.

— J'aurais préféré avoir tort.

— Oh ! Je t'en prie ! Ne sois pas hypocrite ! Je parie que tout ça te fait plaisir !

— Voir mon amie pleurer me fait plaisir ?

— Pardon… je suis… dans l'état que tu imagines.

— Tu vas peut-être enfin accepter de déjeuner avec moi ?

Essuyant les deux émeraudes qui lui font office d'yeux, la jolie brune se surprend à sourire.

— Tu ne lâches pas facilement l'affaire, hein ?

— Jamais.

— Écoute Tyler. Je sais ce que tu veux. Et je ne pense pas être capable de te l'offrir.

— Tu pensais pouvoir l'offrir à Jesse Gallagher ?

— Je n'en sais rien. Je ne sais plus…

— Je veux juste t'inviter à manger au Glut, tu sais ? Ce restaurant où on fait d'excellents hamburgers. Ça devrait te faire plaisir pour toi qui es américaine non ? Ce n'est pas comme si j'allais te demander des faveurs spéciales.

Cette dernière phrase réussit à faire rire la princesse. Retrouvant un semblant de visage humain, elle répondit.

— Je ne saurais même pas m'y prendre.

— Ça tombe bien, moi non plus.

— Merci Ty. Merci pour ce que tu fais.

— De rien ma belle.

La pause du midi passa en un éclair et un jeune homme devint instantanément le plus heureux de toute la planète Terre. Celui qui était parvenu à offrir un Cheeseburger à la jolie Catherine Sainte-Rose. Un petit pas pour l'humanité, mais un pas de géant pour Tyler Monaghan.

Un mois plus tard, les deux jeunes gens semblent ne pas avoir bougé d'un pouce. Toujours assis à la même table, Tyler et Kate mangent en tête à tête comme des amoureux.

D'ailleurs en y regardant de plus près, Catherine semble arborer un nouveau collier. Une petite chaîne en or qui tient un pendentif en forme de cœur.

— Tu n'étais pas obligé Ty.

— Tu plaisantes ? C'est ton cadeau d'anniversaire en retard. Tu es née le 29 janvier, c'est ça ?

— Nous sommes maintenant le 1er Mars, monsieur. Et tu m'as déjà fait un cadeau le jour de mon anniversaire.

— Vraiment ? C'était quoi déjà ?

— Un très passionnant livre sur la Macro vision. L'art de photographier en très grand des choses microscopiques.

— Et tu l'as lu ?

— J'ai regardé les images.

— Je vois… soupire-t-il en souriant. Catherine, tu sais…

— Houlà !

— Quoi ?

— *Catherine* ?

— Oui, excuse-moi. La vérité c'est que j'adore ton prénom. Kate, ça me fait penser à Kate Middleton ou Kate Moss…

— J'ai compris.

— Kate Beckinsale, Kate Bosworth, Kate Hudson, Kate Mara, Kate Winslet.

— J'ai compris !

— Je suis presque sûr d'avoir une grande tante à Cork qui s'appelle Kate…

— J-AI-COMPRIS-TYLER.

— Quoi ? J'ai bien le droit de t'embêter un peu.

— Catherine était le prénom de ma grand-mère. Elle nous a quittés un peu avant ma naissance à l'âge de 83 ans.

— Elle s'est accrochée, si je puis me permettre.

— Nous avons le cœur solide dans la famille.

— Ça tombe bien parce que je voulais te parler d'un truc.

— Non ! Tyler, non ! Ne… ne va pas trop vite, s'il te plaît. Le dernier qui a fait ça, il m'a fait peur et… je n'ai plus voulu lui parler.

— Oh ! très bien. Comme… comme on sort ensemble depuis un mois et que ça se passe bien entre nous, j'ai commencé à imaginer la suite, c'est tout.

— Tyler, tu sembles oublier un détail très important. Quand j'aurais mon diplôme, je devrais faire un choix. Rentrer aux États-Unis ou rester ici en Angleterre.

— Eh bien, espérons que tu feras le bon choix quand le moment sera venu.

Finalement, 14 h 00 sonne et c'est la reprise des cours. Tyler quitte son amie pour rejoindre son cours de mathématique tandis que Kate a rendez-vous avec monsieur Bennet, professeur d'informatique. Mais avant que ne commence la leçon du jour, Mister Bennet a une importante annonce à faire à propos d'un nouvel élève arrivant tout droit des States.

Un jeune garçon à la tignasse brune parfaitement coiffée s'avance depuis la porte d'entrée jusqu'au milieu du tableau qui domine la salle de classe. Kate qui se surprend à griffonner le prénom de Tyler sur son cahier n'a pas aperçu son visage.

C'est le son de sa voix qui fait lever sa tête à la jeune fille.

— Enchanté tout le monde ! Je me présente : Ethan Argento, mais tout le monde m'appelle *Ed*.

— Oh, putain de merde ! s'exclame Kate.

4. LES CAPRICES DE L'UNIVERS. LE FILM.

Dans la ville imaginaire de Rainfall, Andrew Storm, un agent de police infiltré dans la mafia, évite les balles de revolver comme une mouche évite les gouttes de pluie.

Tandis que l'intrépide et sexy Nancy Newton l'attend au volant de la Lamborghini rouge décapotable, garée juste devant la banque, Andrew Storm saute depuis le haut des marches de l'entrée, directement jusque sur le siège passager du véhicule.

Se saisissant des deux uzis qui l'attendaient là, il canarde copieusement les trois voitures de police lancées à leur poursuite en hurlant comme un fou.

— Mouahahaha ! Bandes de nazes ! Vous êtes bien trop faibles ! Personne ne peut arrêter le grand Andrew Storm !

— Et sa jolie partenaire ! ajoute Nancy.

Et tandis que le véhicule fonce droit vers le soleil couchant, Andrew glisse délicatement sa main sous la jupe de Nancy qui rougit comme une tomate en poussant des très excitants petits gémissements de plaisir. Les yeux fermés et humides, elle semble à deux doigts d'avoir un orgasme.

— Putain ! Qu'est-ce que j'aime ce boulot ! Je me demande sérieusement si je vais réintégrer les forces de police un jour ! s'exclame Andrew en faisant un clin d'œil à la caméra.

Le ronronnement du lecteur Krystal HDR ne déconcentre pas un instant les quatre spectateurs dont les yeux semblent incapables de se détacher de l'imposant écran Krystal qui domine la chambre de Tyler. Une seule personne dans la pièce a du mal à suivre le film.

— Kate ? Tu es avec nous ? demande Tyler.

— Hum ? Excuse-moi, je pensais à autre chose.

— Tu veux en parler ?

— Non. Profitez du film, les gars. On a dit que ce soir on se détendait.

À l'écran, Andrew Storm regarde le ciel étoilé qui surplombe le manoir de son boss, le terrifiant Don Di Carpaccio. Les yeux emplis de larmes et la main gauche serrant son cœur, il s'exclame dans un discours digne d'un superhéros :

— Je le fais… pour toi, Nancy ! Pour le bien ! La justice ! Pour l'Amérique ! Pour le monde entier ! RAAAAAAAAAH !!!

Hors de l'écran, le monde semble marcher sur la tête.

— Il n'est pas un peu tarte le film ? demande Kate.

— Tu rigoles ? hurle Simon. Ce DTV est un des plus gros succès de l'année 2008 ! D'après la légende, ce film aurait été produit par la mafia. C'est pour ça qu'il n'est pas sorti en salles.

— Et lui là, Vincent Purcell, l'acteur qui joue Andrew Storm, ce film a lancé sa carrière, ajoute Danny.

— Quant à Christiane Belle, la Française qui joue Nancy Newton, elle a réalisé elle-même la suite ! *Les Supplices de l'univers*, dit Louis.

— Et c'est l'assistant-éclairagiste, euh… Raymond Dubois, qui a réalisé *Les sévices de l'univers* le dernier de la trilogie, dit Tyler.

— Ils… ils pensent faire un quatrième film ? demande Kate.

— Il y a des rumeurs à propos d'un Remake pour les 40 ans du film, dit Danny.

— Ou d'un épisode 4 avec les enfants des héros de la trilogie devenus adultes, dit Simon.

— Ça sert à quoi ? demande Kate.

— À faire plaisir aux fans ou… simplement à tirer sur la corde parce qu'on est en manque d'imagination, dit Tyler.

Le film semble toucher à sa fin alors qu'Andrew Storm tient Nancy par les deux mains, prêt à tomber dans ce qui ressemble à un vortex temporel.

— Mon amour ! hurle-t-il. Souviens-toi de moi ! dis à notre fille… qu'elle est forte ! Qu'elle est un ange et… que dans ce monde, rien n'est impossible si on est déterminés. Dis-lui de ne jamais abandonner et que… de là où je suis, je l'aiiiiiiiiiiiiiiiiiiiiiiiim…

Le vortex se referme laissant Nancy à genoux dans une robe de soirée déchirée, alors qu'elle regarde à son tour le ciel étoilé à travers l'imposant trou dans le plafond de ce qui semble être le grand salon d'une villa, elle s'exclame :

— Je te retrouverai mon amour ! Par n'importe quel moyen ! Nous nous retrouverons !

Générique de fin. Un film de Wash Manning. Écrit par Stephen Lambert. Directeur de la photographie : Andrzej Bartkowiak. Costumes d'Arnaud Lamode. Musique de Jean-Michel Preskeussat. Assistant-éclairagiste : Raymond Dubois.

La scène post-générique montre Don Di Carpaccio sortir d'un tas de gravats sous la forme d'une énorme créature mécanique avec une pelle de tractopelle en guise de bras gauche.

— Moshiro ! hurle la créature. Tu m'entends Moshiro ?

— Oui maître, répond une voix d'outre-tombe.

— Démarre le protocole : *Fuck le bouffeur de croissants* !

— Tout de suite, maître.

Écran noir. Le film est fini. Le jeune public semble estomaqué par ce qu'ils viennent de voir.

— C'est… c'est du génie ! dit Simon. Ce film c'est… c'est tout simplement du génie. Il faut être complètement barjo pour faire des films aussi géniaux.

— J'ai beau le connaître par cœur, à chaque fois, j'ai le souffle coupé, dit Danny.

— Les gars j'ai… j'ai chialé merde… bredouille Louis.

— Vous êtes sérieux, les mecs ? C'était de la merde ! dit Kate.

Silence total.

— Je… je vais peut-être rentrer chez moi dit la jeune femme. Surtout si vous comptez regarder la suite.

— Il est déjà dans le lecteur, dit Simon. Les lecteurs Krystal accueillent trois disques, tu te souviens ?

— Je n'en sais rien, dit Kate. Je ne regarde pas beaucoup la télé.

— Je te raccompagne dit Tyler.

— Non… reste avec les bandits solitaires[1]. Regardez votre film. Je peux rentrer toute seule. On discutera en détail demain d'accord ?

— Si tu veux. Mais tu m'appelles dès que tu es arrivée au campus.

— Promis.

— Je t'aime.

—… Moi aussi…

---

[1] Référence aux amis de Fox Mulder dans la série TV The X-Files.

21 h 00. St Clement Street.

Catherine arpente la rue déserte et plongée dans un requinquant silence. À quelques mètres se trouve l'arrêt du bus de nuit qui la ramènera au campus. La jolie brune est songeuse. Qu'est-ce qu'Ethan pouvait faire ici ? En fait, elle le savait très bien. Mais la surprise aussi colossale fut-elle, avait des relents de mystère. Elle lui avait dit que pour être ensemble, il devrait la rejoindre ici en Angleterre. Comment imaginer qu'il passerait à l'acte ? Et surtout, pourquoi un an et demi plus tard ? Et puis il y avait encore le goût amer de l'histoire avec Jesse Gallagher, puis sa relation encore toute fraîche avec Tyler, son ami et confident. Trop d'infos pour aujourd'hui. La jeune femme est fatiguée. Elle ne rêve plus que d'une bonne douche chaude et de dormir paisiblement.

5. L'ELU.

Plus tard, alors que des gouttes d'eau chaudes presque bouillantes déferlent le long de sa douce peau rose et juvénile, Catherine Andrea Sainte-Rose se demande à quel moment, elle a perdu le contrôle de sa vie. Ou tout du moins, des derniers événements récents.

— J'ai peur de tout, murmure-t-elle presque en pleurant. Peur des garçons, peur de m'engager, peur de l'amour et putain… parfois, j'ai même peur de l'Angleterre…

Et tandis que ses larmes se mêlent aux gouttes de pluie artificielles qui l'inondent littéralement, la jeune femme décide de se laisser aller un bon coup jusqu'à finalement, retrouver une certaine légèreté.

Un autre problème se pose désormais.

Laura Deville. Sa colocataire accessoirement lesbienne.

Depuis quasiment le jour de leur première rentrée il y a déjà un an et demi, Laura semble avoir jeté son dévolu sur la belle Catherine qui a réussi jusqu'à maintenant à tout faire pour l'éviter.

Mais ce soir, la colombe est blessée.

Elle ne volera peut-être pas assez vite pour échapper à la tigresse affamée.

Catherine qui marche sur la pointe des pieds pour rejoindre sa couchette, sait que si elle émet le moindre son, Laura fondera sur elle comme un aigle royal prêt à dévorer une souris.

On pourrait croire que c'est du viol ou tout simplement de la folie.

Mais Laura prétend que c'est de l'amour. Et Kate n'a pas le courage de lui dire ses quatre vérités au risque de la faire souffrir.

— Encore un truc qui me fait peur… murmure-t-elle ce qui fait remuer la panthère sous son lit. Merde… murmure à nouveau Kate.

Laura Deville est une magnifique jeune fille du même âge que Kate. Blonde avec le visage recouverte de taches de rousseur très sexy, Laura a découvert qu'elle aimait les femmes à l'âge de sept ans quand elle a embrassé une de ses camarades d'école sur la bouche et qu'elle s'est mise à penser à elle du matin au soir.

À l'heure actuelle, Kate serait prête à jurer que Laura est en train de rêver d'elle. Mais Kate *le chat* marche sans faire de bruit. Si ce n'était ce fichu parquet qui couine légèrement à chaque fois que la jolie brune cligne des yeux.

C'est gagné.

Kate a atteint sa couchette et alors qu'elle ramène sa couverture jusqu'au-dessus de sa tête, quelque chose d'étrange lui caresse la poitrine. Une main. Une petite main féminine.

Laura est sous la couverture avec Kate.

« *Je me suis trompée de couchette bordel de merde !* », pense Kate toujours sans émettre le moindre son. Je dors ici depuis dix-huit mois et je fonce droit dans la couchette de cette folle.

Kate ne peut plus réfléchir davantage, car la main qui lui caresse tendrement le sein droit est accompagnée d'une deuxième main qui fonce droit à l'intérieur de sa culotte.

« *Mon Dieu !* pense Kate. *Je suis encore vierge ! Elle ne va tout de même pas…* »

Un soleil vient d'exploser quelque part dans l'espace quand Laura caresse vigoureusement l'entrejambe de Kate qui réussit à se retenir de hurler.

« *Je vais mourir !* pense Kate. *Ça me fait trop mal ! Mais si jamais je crie, elle va me dévorer toute crue !* »

Laura n'en finit plus de caresser le bouton de femme de Kate qui semble à deux doigts de perdre connaissance.

« *Si je serre trop fort les jambes, je vais lui écraser les doigts et elle se réveillera.* »

Finalement, alors que son cœur vient de se changer en boule de feu, Kate décide contre toute attente de faire le parfait inverse et d'écarter lentement les jambes.

« *C'est totalement grotesque*, pense Kate. *Mais après tout, les garçons sont tous des connards qui me torturent et Laura semble décidée à me donner de l'affection. Fais ça pour moi Laura. Empêche-moi de réfléchir. Caresse-moi. Dispose de moi comme bon te semble. Et fais en sorte que ça dure longtemps.* »

Le ciel et la terre semblent se déchirer quand deux petits doigts tremblants se glissent à l'intérieur du corps de Kate.

« *Je me sens mourir* », pense la jolie brune.

Le lendemain matin, le réveil sonne. Kate a fini la nuit dans sa couchette alors que Laura ronfle encore très fort.

La beauté froide a tout juste le temps d'éteindre son réveil pour ne pas gêner le sommeil de sa colocataire.

« *Il est 7 h 00 et Laura n'a son premier cours qu'à 10 h 00* », pense Kate.

En repensant à la nuit passée, la jolie brune se surprend à se demander si tout ceci était bien réel ou simplement un rêve.

En se levant, Kate ne ressent rien de particulier.

Celle qui avait précieusement défendu sa virginité jusqu'à maintenant ne se sent pas différente et pourtant un détail attire son attention. Il lui semble que son cœur bat très vite.

Enroulée dans une grande serviette et à califourchon au-dessus d'un petit miroir de poche, Kate se sent obligée d'observer son vagin afin d'être complètement rassurée sur son état. Seule dans la salle de bain commune, Kate respire un grand coup comme satisfaite par ce qu'elle vient de voir. Ou plutôt, *de ne pas voir*.

— Tu ne verras rien, dit Laura depuis l'entrée de la salle de bain.

— Laura ? Qu'est-ce que tu fous ? Tu ne vois pas que… que je me lave avant d'aller en cours ?

— C'est ça oui, dit-elle souriante avant de retourner jusqu'à sa chambre.

— Attends ! J'ai besoin de savoir. Est-ce qu'on a… ?

— Si on a… ?

— Arrête tes conneries ! Tu m'as comprise. On a fait… le truc ?

— Le truc ?

— Tu m'as touchée hier soir.

— Oui Catherine, nous avons fait un câlin hier soir. Et ne t'inquiète pas, on ne peut pas déchirer un hymen avec ses doigts. Tu t'es déjà masturbée non ?

— Peut… peut-être.

— Ça veut dire oui. Donc relax, tu es toujours vierge.

— Façon de parler.

— Tu es toujours prête pour l'élu de ton cœur. Malgré tout, je suis un peu déçue. Je pensais bien que je finirais par t'avoir un jour, mais j'espérai que ça te donnerait beaucoup plus de plaisir. Maintenant, c'est certain. Les filles, ce n'est pas ton truc.

— Attends ! crie Catherine avant d'enlacer Laura restée en petite tenue et de lui donner un baiser sur la bouche d'un million d'années.

— C'était quoi ça ?

— Laura. Je ne pense pas m'être trompée de couchette hier soir. Je crois que je t'ai rejointe inconsciemment. Plein de garçons m'ont mise en colère dernièrement et… j'avais besoin de tendresse. Merci.

— Il paraît que quand on remercie les gens, c'est qu'on a plus besoin d'eux.

— C'est le cas ! je me sens mieux. Je sais enfin qui je suis. Kate Sainte-Rose et je suis prête à le faire avec le garçon que j'aime.

— La question maintenant c'est : qui est l'élu ?

6. LE PROF.

Éric Marsden, est un excellent professeur de journalisme et pour cause, il était autrefois journaliste d'investigation aux États-Unis.

Né à Manhattan, il a passé son enfance à Seattle. Son père, Anthony Marsden, était avocat à Wall Street.

Éric est marié et à deux enfants vivants ici en Angleterre. Il a étudié l'histoire de l'Amérique à l'Université de Princeton puis a commencé sa carrière de journaliste dans le mensuel The Atlantic Monthly à Boston.

Il a rapidement gagné en reconnaissance pour son journalisme d'investigation en gagnant deux prix importants en moins de deux ans. Il a gagné le National Magazine Award en 2024 pour son documentaire sur la mafia et ses ramifications. Il a ensuite gagné en 2025 le Sidney Hillman Foundation Award pour son article *Nuclear Korea.*

Plus tard, Marsden travailla pour différents journaux comme Rolling Stone, Vanity Fair, The Nation et The New Yorker. Pour finalement quelques années plus tard, se reconvertir en professeur d'histoire, géographie et journalisme.

Et même s'il est du genre sympathique, il est intransigeant sur la qualité du travail de ses élèves. Surtout quand il décide de donner un cours individuel à une charmante brunette sous son tutorat.

— Mademoiseeeelle Saiiinte-Rooose !!!

— Oui ?

— J'attends toujours votre réponse !

— Vous pouvez tenir longtemps comme ça ?

— Vous voulez qu'on fasse le test ?

— Pas vraiment.

— Alors, répondez simplement à cette question, comme à votre entretien d'admission, vous savez, il n'y a pas de pièges. Pas de bonnes ni de mauvaises réponses. Seulement un système de pensée. Vous êtes ici depuis un an et demi, et j'en suis encore à me demander ce qui gigote sous cette ravissante boîte crânienne juvénile.

— J'ai vingt ans…

— Juvénile, j'ai dit.

— Votre question était : *que cherche un journaliste* ? Et j'ai répondu : *la vérité,* ce à quoi vous avez rétorqué : *même pas.*

— Et donc ?

— Donc… je ne sais pas ce que vous attendez comme réponse.

— La VÔTRE. Pas une réponse à la con que vous avez lue dans un magazine bas de gamme, je parle de votre réponse. Donnez-moi une réponse qui vous paraît juste. Et ensuite, expliquez-moi pourquoi elle vous semble juste.

— OK… alors…

— C'est bientôt l'heure de manger… miss Sainte-Rose, par pitié…

— Un journaliste ne cherche rien.

Silence absolu.

— Continuez, dit Éric.

— Il ne cherche rien, il trouve. Il ne fait que trouver des faits et des preuves de ce qu'il avance !

— Putain ! Hé ben, dites donc ! C'était laborieux, hein ?

— Je fais de mon mieux, monsieur.

— Je le sais et le constate tous les jours. Un vrai journaliste ne cherche pas. S'il cherche, ça veut dire qu'il est perdu. Il ne doit jamais chercher. Toujours trouver. Beaucoup d'informations et très vite. C'est ça que je voulais vous entendre dire. Maintenant, expliquez-moi pourquoi.

— Seigneur… parce que c'est son métier ?

— Hi? Ham… Pff… bof ! Oui… aargh… raf ! hui, mais encore ?

— C'est son rôle !

— C'est mieux. Journaliste, n'est pas un métier qu'on vous confie en venant vous chercher par la main, non ! C'est une vocation. Vous couvrez un sujet qui vous intéresse et vous le confiez à un journal qui partage votre point de vue. Des gens qui ne vont pas vous censurer ou déformer vos propos. Si vous dites que ça, là, c'est un chien. Alors le rédacteur en chef en face de vous doit confirmer que oui, c'est un chien. S'il a peur de dire la vérité et essaie de vous convaincre que c'est peut-être plutôt un chat, alors vous avez échoué. Vous avez travaillé pour rien.

— C'est… un peu effrayant.

— L'information, Catherine. C'est un trésor ! C'est le plus grand de tous les savoirs, il y a 3000 ans, les scribes étaient les ancêtres du journalisme, car ils observaient et relataient fidèlement ce qu'ils voyaient au risque parfois de se faire crever les yeux ou couper la langue.

— Vous… vous pensez que… j'ai l'étoffe pour faire ça ?

— Non. Bien sûr que non. C'est précisément pour cela que vous êtes venus jusqu'à Oxford. Pour rencontrer un des meilleurs journalistes du monde. Si je fais bien mon job, vous deviendrez la meilleure parmi les meilleures. Si je ne vous apprends pas correctement ce que vous êtes venue étudier, alors j'aurais échoué. Vous aurez perdu votre temps et votre argent.

— Mais il n'y a aucun risque avec vous.

— Il y a environ quinze ans en Thaïlande, quand j'ai évoqué mon envie d'enseigner le journalisme, un vieil homme m'a dit : *tu ne peux pas apprendre à un aveugle à voir, mais tu peux lui enseigner comment jouer de la flûte.*

— Ce qui veut dire ?

— Réfléchissez un peu, merde !

— Un aveugle… il ne voit pas, mais… il peut faire tout le reste ! Toucher, sentir et entendre !

— Bonté divine. Je vais y arriver. Je vais faire de vous une vraie journaliste.

La montre d'Éric sonne, indiquant la fin du cours.

— Dommage. Je vous sentais chaude là ! on remet ça demain ? Non pas demain… j'ai un autre cours individuel… après-demain ?

— Sans faute monsieur !

— Parfait.

— Monsieur ? Je peux vous parler de quelque chose de personnel ?

— À moi ? Pourquoi ?

— Réfléchissez un peu bon sang ! dit-elle, souriante.

— Vous ne pouvez pas en parler avec vos amis, dit-il en faisant un clin d'œil. Très bien, qu'est-ce qui vous turlupine ? demande-t-il en s'asseyant sur le coin de son bureau.

— C'est un garçon…

— Oh, merde !

— Plusieurs garçons en fait…

— Oh ! Bon sang ! Je ne suis pas sûr que ce soit de mon ressort, dit-il en se levant subitement.

— Écoutez, j'ai seulement une question !

— Sainte-mère de Dieu, laquelle ?

— Comment je sais… si c'est un mec bien ?

— Vous ne le saurez jamais.

— Pardon ?

— Vous ne pouvez pas le savoir, vous n'êtes pas dans leurs têtes. Si ces types ont un atout pour vous plaire, c'est à eux de vous le montrer. Ce n'est pas à vous de le chercher. Vous avez déjà oublié ? Un journaliste ne cherche jamais. Il trouve ce qui est sous ses yeux. J'ai malgré tout une bonne nouvelle pour vous. On ne peut jamais savoir si un garçon est gentil, en revanche on peut très facilement deviner si c'est un connard. Observez Catherine. Et pour l'amour du ciel, ne vous laissez pas distraire.

Il s'agissait à peu de choses près des mêmes mots employés par madame Anders, pense Kate. Décidément, tout le monde lit en moi comme dans un livre ouvert. Il est peut-être temps que je surprenne mon monde.

7. L'EXIL.

Deux ans plus tôt, au lycée de Hope Valley, Arizona, Ethan Argento entendait les déchirants adieux de Catherine qui lui donnait littéralement rendez-vous dans une autre vie.

Une vie loin de chez lui.

En fait, Catherine ne croyait pas si bien dire.

Quelques semaines plus tard arrivèrent les vacances d'été et Eddy en profita pour rejoindre sa famille.

Non pas aux États-Unis, mais au Mexique.

La mère d'Ethan est la descendante de Marco Gara, boss d'un clan mafieux, ancienne branche de l'illustre famille Safioti aujourd'hui dirigée par les Sainte-Rose et basée à Miami.

Leurs dirigeants morts depuis longtemps, on pourrait croire que la guerre entre ces deux familles est terminée. Que nenni !

En fait, les tensions n'ont jamais été plus mauvaises qu'en ce moment.

Quand Ricardo Safioti, l'ancien boss, est mort, faisant de sa femme Andrea, la nouvelle dirigeante du clan Safioti, Marco a – pourrait-on dire – simplement pété les plombs.

Pour ce septuagénaire, ancien numéro deux du clan sous Enzo Safioti, cette femme n'avait pas les qualités requises pour diriger le clan de son vieil ami.

Et c'est en 2021 que le *chef des serpents* prit d'assaut la villa Safioti, dans le but de la réduire en poussière avant d'être finalement stoppé par les parents de Kate, ce qui le conduisit en prison jusqu'à sa libération à l'âge de 75 ans.

Vu son âge avancé lors des faits, la justice n'a pas jugé nécessaire de le retenir plus longtemps. Le jour de son arrestation, Michael Sainte-Rose, l'oncle de Kate, a juré à Marco que si un seul serpent restait aux États-Unis, ils mourraient tous.

Ce à quoi Marco répondit que le clan Gara s'exilerait au Mexique pour ne plus jamais revenir.

Mais vingt-six ans plus tard, les Argento semblent convaincus que l'Exil a assez duré.

Le 12 juillet 2045. Peter Sainte-Rose, le père de Catherine, rendit visite à Fabio Argento, le père d'Ethan, à la demande de ce dernier.

Vivant à Durango, Fabio et Miranda Argento, occupent une magnifique villa, dernier cadeau de feu Marco Gara. Mais le business n'est plus ce qu'il était. Les Argento ne sont désormais plus que des survivants.

Arborant une fière moustache *locale* et une barbe de quatre jours, le grand et maigre Fabio dans sa chemise blanche à manches courtes, semble ravi d'accueillir son invité.

— Fabio. Quelle surprise d'être invité ici ! C'est plus luxueux que dans mon souvenir, dit Peter qui arbore un fier costume noir manifestement peu commode avec ce chaud climat.

— Peter ! Ah ! Voilà bien le seul Sainte-Rose avec qui on peut discuter sans risquer de se faire loger une balle dans la tête !

— Tu m'honores Fabio ! Mon truc à moi c'est plutôt l'arrachage de mâchoires, dit-il souriant.

— Oui… grogne-t-il d'une voix grave. Tout le monde a entendu parler de Bloodhand Pete. Mais ce n'est pas la raison pour laquelle je t'ai convié ici.

— C'est drôle cette manière de parler… tu as un accent maintenant.

— C'est le Mexique mon gars ! Toi avec ta peau blanche et ta crinière grise, tu as l'air d'un touriste.

— Fabio, j'ai énormément de choses à faire, alors si on pouvait aller à l'essentiel.

— Bien sûr, dit-il en tapant dans ses mains, ce qui fit venir deux majordomes apportant des cocktails.

— Peter, si j'ai voulu te parler c'est pour une raison très simple. La famille Argento a assez payé comme ça pour les erreurs de Marco

Gara. Il s'est retourné contre vous, vous lui avez botté le cul et ça a pénalisé le clan tout entier.

— Fabio… vous n'êtes pas si mal ici. Et tous vos enfants sont scolarisés aux États-Unis. Que veux-tu de plus ?

— Mon ami… ça te plaît que ta fille parte en Angleterre ? Tu n'es pas inquiet pour elle ?

—… si.

— Alors, imagine ce que c'est, toute l'année, d'habiter un pays et que ton enfant parte dans un autre. Ne pouvant ainsi le voir que les week-ends et pendant les vacances.

— J'entends ce que tu dis et même… je suis d'accord, mais ce n'est pas de mon ressort. C'est Michael qui dirige le clan, c'est à lui qu'il faut…

— NON ! J'ai déjà essayé de parler à ton frère, mais il ne veut rien entendre. Peter ! Je suis originaire des États-Unis, je suis né à Savannah en Géorgie. Je n'ai rien à foutre au Mexique ! ni ma femme, ni le reste de la famille.

— Fabio je vais parler à Michael. C'est mon rôle. Il est le don et je suis son premier exécuteur, il m'écoutera. Mais quoi qu'il réponde quand j'aurais terminé de parler, ça sera irrévocable.

La seule manière pour vous de quitter le Mexique sans passer par Michael, ce serait… que ton fils Ethan épouse une Américaine.

— Merci Peter. Tu devrais être à la tête du clan Safioti.

Le soir même alors que Peter était déjà sur le trajet du retour dans son jet privé, Fabio et Ethan, père et fils contemplaient les étoiles qui tapissaient littéralement le ciel telles des paillettes argentées.

Alors que la fumée de son épais cigare lui chauffe les lèvres, Fabio allongé dans l'herbe partage quelques anecdotes avec son fils.

Celui-ci reste songeur. Cette belle nuit noire. Et ces paillettes. On dirait Catherine Sainte-Rose qui me regarde depuis l'espace.

— Papa ?

— Oui, mon fils ?

— Comment as-tu connu maman ?

— Aaaah… c'est une très, très, longue histoire. Et très compliquée. Bardée de honte et de secrets.

— Pff ! tu parles de la mafia ?

— Tu le savais ? s'exclame Fabio au risque d'avaler la fumée de son cigare de travers.

— Papa… on est en 2045. Tous les téléphones ont disparu pour devenir des *Agnes* et on peut consulter internet n'importe où sur terre, même en plein désert. D'ailleurs… comment vous faisiez avec vos téléphones ?

— On devait les tenir avec notre main.

— Putain… ce truc de ouf… et genre il fallait parler dedans ?

— Oui, le plus distinctement possible, parce que la moitié du temps le son était hideux où le réseau captait mal. C'était courant avant de voir dans la rue des gens hurler sur leur téléphone des trucs du genre : *JE SUIS DEVANT LA PORTE, MAMAN !! TU PEUX M'OUVRIR* !!

— Ha ! Ha ! Ha ! Ha ! Trop fort !

— (il redouble d'intensité) *JE-TE-DIT-QUE-JE-SUIS-DEVAAAAANT-LAAAA-POOOOOOOOORTE !!!!*

Ethan, qui n'en finit plus de se tenir le ventre et de se rouler dans l'herbe, pleure en entendant les mots de son père.

— Ah oui ! Ça devait être une époque sympa, dit-il ironique.

— TRÈS sympa !

— Aujourd'hui, si tu veux appeler, ça donne ça : Agnes ? Appelle Catherine, steuplé ! demande Ethan à sa montre.

— *Tout de suite*, répond une voix robotique féminine. Allô ? peut-on entendre. Qu'est-ce que tu veux Eddy ?

— Je voulais seulement te faire un coucou et savoir comment tu vas.

— Je vais bien, mais je… je suis occupée là, OK ? On se rappelle ? *Fin de la communication.*

— Mon Dieu, dit Fabio. Elle n'a pas l'air commode ta copine.

— Ce n'est pas ça, c'est… ma faute je crois. Elle part bientôt à Oxford et elle est excitée comme une puce, mais moi, au lieu de me réjouir pour elle, j'ai encore essayé de la retenir.

— Retenir la femme qu'on aime n'est pas une bêtise. Tu m'as demandé comment j'avais connu ta mère, hé bien c'était la fille de mon boss.

— Ouah ! Sérieux ?

— Marco Gara avait un fils, Antoine, ton grand-père. Et quand le clan des serpents a été exilé, il a fallu reprendre le business. Remonter le clan, ça a été un gros travail. Antoine a pris la suite de son père. Ta mère et moi avions alors une vingtaine d'années.

— Mais alors… je suis le petit-fils de Marco Gara !

— Tout juste. Son dernier descendant.

— Et Catherine est… la dernière descendante des Sainte-Rose.

— Oui ?

— Je dois aller en Angleterre !

— Quoi ? Mais tu t'es déjà inscrit à Harvard.

— Je sais. Mais je suis amoureux d'elle ! Je l'aime tellement que je suis capable de la suivre en Angleterre. Maintenant, je sais que nous avons encore plus de points en commun que je le pensais. De plus, si je l'épouse, nous pourrions tous retourner aux États-Unis !

— C'est mignon ce que tu dis, mais c'est inutile. J'ai d'ores et déjà parlé avec Peter et je suis persuadé qu'il peut convaincre son frère de lever la *punition*. Si dans le futur, tu devais épouser Catherine Sainte-Rose, ce serait ton histoire à toi. Ça n'aurait aucun rapport avec le reste de ta famille.

— De toute façon, c'est foutu. La procédure d'inscription dure au moins un an, les examens d'entrée et les entretiens individuels compris.

— Un an ?

— C'est Oxford. Catherine a postulé là-bas en parallèle de sa dernière année de lycée.

— Alors, va à Harvard et postule à Oxford dans le même temps.

— Tu… tu es d'accord ? Tu me laisserais faire ?

— Ethan. Tu es l'un des seuls de la famille qui a le droit d'aller et venir où bon te semble. Je serais vraiment le roi des cons si je t'en empêchais.

— T'es trop cool papa ! Tu es le meilleur !

— Je fais ce que je peux, fiston, tu veux fumer ?

— Non. N'exagère pas non plus.

*

Ailleurs, Catherine profite des bienfaits d'une tasse de chocolat chaud. La vue imprenable sur les collines de Hope Valley depuis la balcon de l'appartement de sa grande-sœur, a des allures de carte postale.

« *Existe-t-il encore de nos jours des gens qui s'écrivent des cartes de vœux* ? », se demande la beauté froide.

Catherine devait avoir quatorze ans quand elle vint pour la première fois dans cette ville. Ce qu'elle ignorait alors, c'est que ce serait également la dernière. Et que cet endroit, deviendrait son nouveau *chez-elle*.

Sous prétexte de lui permettre de suivre un cursus scolaire parfaitement adapté à ses envies, les parents de Kate voulaient en réalité la maintenir le plus loin possible de leurs affaires.

Leurs business...

Shirley adore se mettre du vernis à ongle sur les pieds. L'ancienne femme de maire, n'a rien perdu de son *standing*.

— Où est Wesley ? demande soudain Kate.

— J'en sais rien. Où est Eddy Argento ? rétorque la sœur et quasi-tutrice de la jeune femme.

— Eddy n'est pas mon petit-ami.

— Ah bon ? Bah, pense à le lui rappeler alors, parce que clairement, pour lui, t'es sa meuf.

— Moi ? La meuf d'un garçon ?

— Et pourquoi pas ? Tu es la dernière fille du clan à ne pas avoir encore poussé un garçon à frôler l'enfer juste pour te plaire.

Shirley semble instantanément regretter ces paroles. Et tandis qu'elle continue de vernir ses ongles de pieds, elle se force à rire devant l'émission de télé qui se joue devant elle en espérant sincèrement que cela suffira à noyer le poisson.

Catherine a presque fini son chocolat.

— Oui... parle-moi un peu du *clan*, dit Kate.

Shirley donne l'ultime coup de pinceau à son petit doigt de pied. Et après un petit sourire satisfait, il est temps de répondre à sa petite sœur.

— La *famille*, ok ? Je voulais dire la famille. Je n'ai dit *clan* que par humour. Et pour répondre à ta première question, Wesley a décidé d'emmener Esi en voyage quelques temps parce qu'il est en plein trip père/fille.

— Je vois, répond sèchement Kate.

— Ok, dit Shirley. Qu'est-ce que tu veux savoir ?

— Pourquoi nos parents m'ont écarté de Miami ?

— Qu'est-ce qui te fait penser ça ? Hope Valley est une ville d'artiste et maman a pensé que c'était l'idéal pour toi qui veut étudier l'art et... la photographie, c'est ça ?

— C'est en partie ça.

— Alors, crois-moi sur parole. Il n'y a rien de tordu dans tout ça. Nos parents font du commerce avec des gens à travers le monde monde. Le jour, la nuit, tout au long de l'année. Ça ne leur laisse que très peu de temps libre pour encadrer tes études. Ils se sont dits que tu serais beaucoup mieux ici, avec ta grande-sœur. C'est plutôt cool, non ? demande-t-elle souriante.

— Tu as peut-être raison... je réfléchis trop...

— Tu es une grosse tête, exactement comme maman.

La sonnette de l'entrée se fait un entendre, poussant Shirley à se lever en marchant comme un canard, ses doigts de pieds toujours écartés par la ouate.

— Attends, dit Kate. Je vais ouvrir.

Quand elle ouvre la porte, un homme en habit bleu et rouge fait face à la jeune femme. Derrière elle, Shirley toujours debout, les doigts de pieds levés au maximum, attend de savoir qui est le visiteur.

— La vache ! s'exclame le livreur en voyant les deux anges aux très longs cheveux bruns qui se tiennent devant lui. Laquelle de vous deux est la mère de l'autre ?

Amusées, les deux filles rient avant de finalement répondre.

— Nous sommes sœurs, dit Shirley.

— C'est quoi votre truc ? On vous a clonées à la naissance ? Il n'en reste pas une troisième pour moi à tout hasard ? demande-t-il sur le ton de l'humour avant d'appuyer sur sa montre Agnes.

— Désolée, dit Catherine. Il n'y a que nous deux et ma sœur est déjà prise.

— Je vois... alors je pense que ce cadeau est pour vous, répond le livreur avant de tendre un imposant bouquet de roses à Catherine. Comme ça, les deux sont casées maintenant. J'arrive un poil trop tard.

Kate signe du doigt l'hologramme de livraison émanant de la montre du livreur, son regard interrogateur, n'est plus dirigé que vers le mystérieux bouquet.

— Au plaisir de vous revoir mesdames, dit-il en faisant un clin d'œil et en se dirigeant vers l'ascenseur.

Le bouquet, emballé dans un film plastique, est pourvu d'une petite carte en forme de cœur. L'inscription qui a été écrite au stylo, fait frissonner Catherine jusqu'au plus profond d'elle-même.

Aucun pays sur terre ne t'éloignera jamais assez de moi.

Je t'aime.

Ethan.

— Je te l'ai dit Kate, toutes les femmes de notre famille rendent les hommes barjos ! lâche Shirley en souriant comme un requin.

« *Mais bordel, c'est quelle genre de famille à la fin ?* », pense Catherine.

8. L'ARTICLE.

Ce matin du 22 mars 2047 à Oxford est troublé par un événement hors du commun.

Jesse Gallagher est interpellé par la police dans le hall d'entrée principal de l'université devant les yeux de nombreux élèves aux regards interrogateurs.

Les mains menottées, le jeune homme est emmené jusqu'à une voiture de police. Alors qu'on lui tient la tête pour l'aider à entrer dans le véhicule, le garçon n'a que le temps de vociférer un dernier :

— Je n'ai rien fait !

Le claquement de porte met fin au spectacle.

— Ne restez pas là ! clame le directeur de l'université à la foule. Il n'y a plus rien à voir, retournez tous au travail !

Seth Stiller connaît son affaire. Ancien colonel de la British Army (l'armée de terre), il a également longtemps été professeur de philosophie. L'homme qui pense, chaque jour, que *le beau temps vient après la pluie*, sait comment gérer une période de crise grande ou petite. Et Jason Gans, le commissaire de police, n'impressionne pas un instant l'ancien militaire.

— Il va de soi que tout ceci doit rester confidentiel, n'est-ce pas Jason ?

— Seth. Ce n'est pas la première fois qu'un élève de cet établissement est pris avec de la marijuana planquée sous son matelas. Si l'appel anonyme que nous avons reçu concernait uniquement un petit pochon caché dans une boîte à sucres, la situation serait différente. Mais là, on parle de 100 kilos de weed dispersés un peu partout dans sa chambre. Le matelas, l'oreiller, sa commode, même le pommeau de douche a été rempli. Alors si l'envie me prend là tout de suite sur un coup de tête d'appeler la presse, il n'existe pas grand-chose sur terre qui pourrait m'en empêcher.

— Hormis une vieille amitié, répond Stiller.

— Exact, rétorque Gans. Le gosse là, il n'est pas près de remettre les pieds ici. Son cursus est foutu et même si ses parents sont friqués, ça va être compliqué de lui éviter la taule. Malgré tout, je vais faire en sorte que cette histoire ne sorte pas de ces murs. Vous en êtes capable également ?

— C'est mon métier. Je suis le directeur d'Oxford, une des meilleures écoles de toute la planète. Et préserver son prestige est un devoir.

— Ça me va. Encore un détail…

— Quoi ?

— Toute cette beuh… si je n'étais pas parano, je penserais que Jesse Gallagher a été piégé par quelqu'un.

— Vraiment ? Mais qui ? Qui pourrait posséder les ressources pour installer autant de drogue dans sa chambre ?

— Quelqu'un qui lui en veut. Et beaucoup.

À ces mots, une gigantesque vague de longs cheveux noirs comme la nuit et à la douce odeur de fraise envahit le hall d'entrée. Le visage d'un ange muni de deux grands yeux vert émeraude ne peut dissimuler son étonnement. De même que son inexplicable tristesse.

Derrière la déesse brune, Éric Marsden semble tout aussi étonné, mais également amusé.

— Wow ! Wow ! Wow ! s'exclame-t-il souriant. Il y a de l'action par ici !

— Que se passe-t-il ? demande Catherine.

— Jesse Gallagher vient d'être emmené par la police pour possession de drogue, dit le directeur.

— Quoi ? s'exclame la jeune femme.

— Oh ! Tant d'histoire pour un petit pétard !

— Nous avons retrouvé 100 Kilos, dit le commissaire.

— Ah.

— Mais enfin, c'est ridicule ! dit Kate. Il ne fume même pas la cigarette !

Jason et Seth se regardent furtivement.

— Qu'en savez-vous, miss… ? demande Gans.

— Sainte-Rose. Catherine. Je croise ce garçon tous les jours depuis dix-huit mois, je ne l'ai jamais vu en train de boire ou de fumer.

— C'est un de vos amis ?

— Pas vraiment. En fait, je ne lui ai plus adressé la parole depuis…

— Depuis ? demande le directeur.

— Depuis que je l'ai surpris dans les toilettes avec une autre fille.

— Oh ! s'exclame Jason.

— Oh ! s'exclame Seth.

— Oh ! s'exclame Éric.

— Oh ! s'exclame une voix masculine.

— Vous êtes qui vous ? demande Jason.

— Ethan… Ethan Argento, j'étudie l'économie.

— Ethan ? dit Kate. Qu'est-ce que tu fais là ?

— Je te cherchais pour… t'inviter à déjeuner.

— Oh, seigneur dieu… soupire Éric.

— Je pense que c'est le signal que je dois aller taper mon rapport, dit Jason en sortant deux cartes de visite de sa poche. L'enquête reste ouverte, je reviendrais. Miss Sainte-Rose et mister Argento. Contactez-moi si vous avez des détails à me donner sur Jesse Gallagher. Mon numéro personnel est sur la carte.

— À part que c'est un gros con, je ne vois pas, dit Ethan.

— Eddy ! s'exclame Kate. Arrête !

— Nous serons amenés à en reparler, dit Jason. Seth ? À bientôt.

— Jason.

— Qu'est-ce que c'est que ce bordel ? demande Éric. Jesse Gallagher qui se lancerait dans le business ? C'est ridicule.

— Je ne vous le fais pas dire, dit le directeur. Jason pense que le môme a été piégé.

— Piégé ? demande Ethan. Et par qui ?

— Nous l'ignorons, dit Seth. Apparemment quelqu'un qui lui en veut.

— Ça me donne une idée, dit Éric. Voilà qui ferait un bon sujet d'article ; pas vrai, monsieur le directeur ?

— Je viens à l'instant de dire à Jason que je ne voulais pas ébruiter cette histoire.

— Personne n'a parlé d'ébruiter quoi que ce soit, rétorque Éric. Je parle d'un devoir d'école à me rendre pour, disons… la semaine prochaine ?

— Vous voulez que je trouve qui a piégé Jesse en une semaine ? Mais je ne suis pas flic ! s'exclame Catherine.

— Non. Et vous n'êtes pas non plus journaliste, dit Éric. Mais chercher qui dans cette institution possède une dent contre Jesse Gallagher ne devrait pas être trop compliqué. Dressez une liste de suspects et choisissez le plus probable. Ça fera peut-être avancer le travail de la police.

— J'admets que c'est une brillante idée, dit le directeur.

Un peu plus tard, Kate est seule dans sa chambre. La feuille posée sur le bureau en face d'elle ne contient pour le moment qu'un seul nom de suspect.

Britney Dunham.

— Je vais commencer par elle.

9. La PREMIERE FOIS.

Les corps bouillants de Tyler et Catherine semblent se mélanger pour ne plus en former qu'un.

Sous la couette, leurs ébats pour le moment *sages* deviennent instantanément plus chaud lorsque la jolie Catherine empoigne avec force le sexe durci de son compagnon.

— Je ne comprends pas Kate. Pourquoi maintenant ?

— Je suis excitée comme une puce, dit-elle. Mon prof de journalisme vient de me confier un article ! Je dois découvrir si quelqu'un a piégé Jesse Gallagher.

— Et ça te donne envie de… le faire ?

— Tu m'étonnes, dit-elle en branlant énergiquement le pénis de Tyler. Tu en as envie toi aussi ?

— Bien sûr, mais… je veux faire ça bien.

— Tu m'aimes ?

— Bien sûr que je t'aime.

— Moi aussi, je t'aime. Alors nous ferons ça bien.

Tyler et Kate s'embrassent avec passion, la langue de l'un désirant traverser entièrement le corps de l'autre. Les mains viriles de Tyler pourtant si réservé d'habitude empoignent avec délicatesse la longue tignasse brune de la déesse qui essaie d'en faire de même avec les cheveux plus courts de son partenaire.

Désormais à califourchon sur lui, la jolie brune domine totalement celui qu'elle a choisi pour faire d'elle une femme.

Leurs deux sexes se frottant l'un contre l'autre, Kate n'aurait qu'un tout petit mouvement à faire avec ses hanches pour… totalement englober le pénis de Tyler à l'intérieur de son entrejambe humide d'excitation.

— Tu as peur ? murmure Tyler.

— Oui… un peu répond Kate.

— Alors on ne devrait peut-être pas le faire ?

— Tu es fou ? dit-elle en rapprochant les mains du jeune homme au-dessus de sa tête et en les empoignant avec force. Je veux que tu entres en moi… murmure la jeune femme. Je veux te sentir. Je… je suis prête !

— OK… doucement alors…

Un éclair traverse la jeune femme alors que le gourdin de Tyler la pénètre comme un couteau.

— Aïe ! lâche-t-elle.

— Ça te fait mal ?

— Oui… bredouille-t-elle en pleurant. Mais je veux continuer…

Catherine chevauche tout en douceur le corps à peine musclé de Tyler. Vierge également, le jeune homme a l'impression qu'on lui frotte le pénis avec du papier de verre.

— Dou… doucement dit le garçon.

— Je ne fais pas bien ?

— Si, mais… doucement, s'il te plaît.

— Je devrais peut-être te la sucer avant de continuer ?

— Kate je… je ne te demanderais jamais de faire quelque chose que tu ne veux pas faire.

— Ça glissera nettement mieux si je l'humidifie, dit-elle, rougissante.

— Tu penses en être capable ?

— Je ne sais pas, mais… tu es un mec bien, Tyler, tu mérites amplement que j'essaie.

Se glissant sous la couette qu'elle écarte brusquement d'un geste, Catherine se retrouve en face du membre de Tyler à peine éclairé par la lumière tamisée de la chambre du garçon.

Son cœur prêt à exploser, Catherine donne quelques timides coups de langue sur le sommet du gland de Tyler qui se met à gémir presque comme une petite fille.

— Tu m'excites à gémir comme ça, dit Kate dont les joues gorgées de sang confirment les dires.

Cessant de réfléchir, Catherine avale le sexe tout entier de Tyler dans un puissant va-et-vient. La jeune femme est étonnée par l'absence de goût et d'odeur de la chose.

Tyler, malgré ses airs de Nerd et de geek, a une hygiène irréprochable et le jeune homme avait pris une douche en prévision du câlin qui allait avoir lieu entre lui et la déesse.

« *C'est à la fois dur et mou*, pense Kate, *et ça a le simple goût de la peau.* »

— C'est drôle, dit-elle en masturbant le garçon.

— Quoi donc ?

— J'ai l'impression de sucer un crocodile.

— Pardon ?? s'exclame Tyler.

— Mais si ! tu sais ? Ces crocodiles de couleur en gélatine qu'on trouve dans les paquets de bonbons ?

Tyler se souvient de ces délicieux crocodiles aux divers parfums.

— Ra… ravi de savoir que j'ai une bite de crocodile ! dit-il, souriant.

— Arrête idiot ! Tu me fais rire ! Laisse-moi me concentrer, dit-elle avant de reprendre sa gâterie.

L'intérieur de la bouche de Kate est chaud comme de la lave en fusion, le jeune homme a désormais l'impression que son pénis trempe dans de l'eau bouillante. Cette chaleur engourdit totalement son sexe et cette sensation le rend incapable de parler ou de bouger.

Son cerveau n'est plus irrigué, et tout son sang se trouve dans un seul et unique endroit, son entrejambe.

C'est dans cette situation qu'un garçon est le plus vulnérable. À ce moment précis où son corps ne lui appartient plus. Tout devient possible durant cet état. N'importe quelle demande farfelue pourra être accordée. On peut tout obtenir d'un garçon qui se fait tailler une pipe. Catherine le comprend également de manière inexplicable.

— Tu m'aideras à faire mon article ? dit-elle en caressant les bourses de Tyler.

— Oui… bredouille-t-il presque inaudible.

— Tu resteras avec moi après nos études ?

— Oui…

— Tu m'aimes ?

— Je… je t'aime pour toujours !

À ces mots, Kate chevauche de nouveau le jeune homme réduit à l'état de gode humain. Seules ses mains ont l'instinct de délicatement saisir les divines hanches de la déesse.

— Han ! C'est bon ! crie-t-elle.

— Oui, dit Tyler. C'est bon !

La chute de rein de la jeune femme comme un tour de magie laisse apparaître le pénis de Tyler qui disparaît aussitôt. Puis réapparaît pour disparaître encore.

De plus en plus vite. De plus en fort.

— Je… je vais jouir ! hurle Kate.

— Moi aussi !

Et quand le cri suraigu de la sirène se mêle au puissant rugissement de plaisir du prince. Leurs larmes se mêlent à la sueur de leurs corps. Les mains de Tyler écrasent presque les hanches de la déesse qui n'a qu'à peine le temps de les ramener sur sa poitrine avant que ne passe le divin instant de plaisir.

Quelques secondes encore. Le plaisir est toujours là.

Il s'étiole. Calmement. Semble disparaître.

Puis avec le silence vint la renaissance.

Un jeune garçon est devenu un homme et une jeune fille est devenue une femme.

Fiers de leurs nouvelles identités, ils savent désormais qu'ils s'aiment passionnément et espérons-le, pour toujours.

10. La commemoration.

2 Septembre 2045. Oxford.

Cent ans ont passé depuis la fin de la Seconde Guerre mondiale, l'occasion pour le monde entier de commémorer l'événement.

Les rues, les affiches, les panneaux, les abris bus et la télévision, arborent fièrement un logo simple :

100e Commémoration Armistice

1939 - 1945

Aujourd'hui, marque également le jour de la rentrée des classes pour tous les étudiants d'Angleterre.

Réunies autour d'un café en ville sur l'heure du midi, Laura et Catherine débriefent sur leurs impressions quant à leur première journée de cours à l'université.

— C'est plutôt ironique non ? demande Laura.

— Quoi donc ? demande à son tour Catherine.

— Que la rentrée ait lieu le jour de la commémoration.

— Ce n'était pas le 8 mai, la fin de la guerre en Europe ?

— Oui. Mais le 2 septembre correspond à la capitulation du Japon. Et donc, à la vraie fin de la Seconde Guerre mondiale.

— Oh ! Et pourquoi ce serait ironique ?

— Ben… l'école, les cours, la concurrence. C'est… un peu comme une autre sorte de guerre je trouve.

— Ce n'est pas idiot.

— Eh ! Qu'est-ce que tu crois ? Il y en a là-dedans ! s'exclame Laura souriante. Au fait, ton projet est prêt ?

— Je crois. J'ai envie à terme de me lancer dans le grand journalisme. Faire des reportages tout ça. Mais avant, je dois maîtriser la photographie et l'écriture.

— Et tu as choisi Oxford ? Il n'y avait pas d'écoles de journalisme en Amérique ?

— Si. Mais j'ai également envie en parallèle de démarrer une carrière d'artiste. Faire des expositions ou carrément écrire un livre. L'université d'Oxford propose un rythme d'apprentissage d'enfer, ils ne me feront pas de cadeaux et Oxford aura plus d'impact sur mon CV que *Hope Valley High-School*.

— Je ne savais même pas qu'on enseignait le journalisme ici.

— Je l'ignorais aussi. C'est peut-être récent. J'espère que mon prof ne sera pas un tordu.

— Un tordu ? À Oxford ?

— Et alors ?

— Tu n'ignores pas qu'Oxford et Cambridge sont les deux meilleures écoles du monde entier, rassure-moi ?

— Je le sais. C'est un privilège d'être ici. J'espère seulement que je serais à la hauteur. Et toi alors ? Qu'est-ce qu'une belle Française comme toi est venue chercher ici ?

— J'étudie la biologie. Aujourd'hui plus que jamais, on a besoin de nouveaux médicaments. Des traitements à la pointe. Et ici… je sens que je vais faire une découverte capitale.

— C'est drôle. Mon grand-père aussi aimait la science ! C'est lui qui a inventé les montres *Agnes*.

— Sérieux ? Tu es la petite-fille de Samuel Preston ? C'est trop cool ! Tu dois être riche alors ?

— Ce sont mes parents qui ont… disons de gros revenus. Mon grand-père, lui, n'aimait pas beaucoup le business.

— Je vois… il voulait changer le monde sans rien recevoir en retour pas vrai ?

— C'est un peu ça, dis-moi. Toi aussi tu veux faire ça ? Te lancer à corps perdu dans le travail ?

— Nan ! Moi j'espère réussir à me marier. Trouver… la femme de ma vie.

— Oh ! Tu aimes les filles ?

— C'est une très élégante manière de le dire. Mais en réalité, je préfère les femmes, dit-elle moqueuse.

— Tu m'avais comprise.

— Bien sûr, répond Laura en posant sa main sur celle de Kate.

— Ouah ! s'exclame la jeune femme. Euh… tu sais ça, ce n'est pas mon truc à moi, bredouille-t-elle.

— Ah bon ? Et c'est quoi ton truc à toi ? Tu préfères les garçons ? demande-t-elle sur un ton provocant.

— C'est-à-dire que… je ne l'ai jamais fait même avec un garçon.

— Mais tu sais, au fond de toi, que tu veux avoir ta première fois avec un garçon ? Alors tu as raison. Les filles, ce n'est pas ton truc.

— Tu veux dire les femmes ?

À l'autre bout du monde à Miami, Elisha, la mère de Kate, observe avec la plus grande attention un numéro de pôle dance, réalisé par trois somptueuses créatures.

Largement aussi somptueuse qu'elle-même, surnommée autrefois *la déesse grecque* l'a été par le passé.

Celle qui avait la réputation de pouvoir faire bander les aveugles et les homosexuels, n'a pas perdu grand-chose de son charme passé.

Affichant fièrement l'âge de 59 ans, Elisha a troqué sa longue chevelure brune contre un carré court qui la ferait presque ressembler à une méchante prof de math ou à une directrice d'entreprise un peu sadique.

La vérité est qu'Elisha se trouve dans cet entre-deux.

Patronne de son propre cabaret, et femme d'affaire impitoyable, la *déesse* n'est plus le sexy boute-en-train qu'elle a été à une époque.

Autant le dire carrément, elle est devenue chiante.

Son passé dans la mafia, puis comme agent du FBI et finalement de nouveau dans le business a fait D'Elisha Sainte-Rose une femme pour le moins terre à terre.

Celle qui a vécu mille aventures est fatiguée. Et la fatigue est l'ennemi de l'humour.

Le numéro très hot qui se joue devant elle est à deux doigts de lui arracher un sourire quand, malédiction, sa montre sonne.

Un appel visio.

— Agnes. Affiche l'appel.

— *Tout de suite, madame.*

Un écran flottant lumineux émane de la montre. On y voit Catherine enroulée dans une serviette qui semble vernir ses ongles de pieds.

— Tu as vraiment le temps de faire ce genre de conneries ? demande Elisha.

— Bonjour maman. Moi aussi je suis contente de te voir.

— Excuse-moi ma chérie, tu sais ce que c'est. Le boulot.

— Ouais, je sais… et puisque tu me le demandes, ma première journée de cours s'est bien passée.

— J'en suis ravie, ma puce, parle-moi d'Oxford !

— Tu as vu les films *Harry Potter* ?

— Bien sûr.

— Alors tu as tout compris à Oxford.

— Vraiment ?

— On joue au Quidditch ici !

— Ah oui quand même… et tu y joues aussi ?

— J'étudie le journalisme et c'était seulement mon premier jour.

— Ça veut dire non ?

— Ça veut dire que… j'ai rencontré mes *camarades*. Ou du moins les gens que je vais croiser durant trois ans.

— Des gens cools ?

— Des Anglais.

— Ils sont cools ?

— Ils sont Anglais.

— Donc cools.

— Je dirais plutôt : à la fois très poli et très vulgaires.

— C'est ce que signifie le mot *cool.*

— Je ne sais pas maman, je suis née après 2020 alors tu sais, le moyen-âge…

— Tu m'appelles uniquement pour m'envoyer des vannes ou… ?

— Non… en fait. J'ai besoin d'un conseil. Un conseil de filles.

— Oh ! mon dieu… je t'écoute.

— Voilà. Ce matin, j'ai rencontré des Anglais, des Français, des Américains et… il y avait un garçon dans le lot…

— Oh, merde ! ce genre de conseils…

— Oui ce genre-là.

— Déjà, arrête de vernir tes ongles de pieds parce que c'est ridicule. Primo, tu ne mets que des souliers et des chaussures à la con. Deuzio, si tu vernis tes pieds tu devras les mettre en valeur avec des chaussures ouvertes et je sais que ce n'est pas ton truc. Tertio, si tu mets du vernis en espérant être belle au moment de passer à l'acte, tu perds ton temps, les garçons, quelles que soient leurs nationalités n'en ont pas après tes pieds.

Catherine, l'air blasé, pose le flacon de vernis sur la table basse devant elle et se met à jeter les boules de ouates coincées entre ses doigts de pieds.

— Putain maman ! Pourquoi tout est si nul ?

— Je ne comprends pas.

— Toutes les filles ici, on croirait des chaudasses.

— Par rapport à quoi ?

— À moi, putain ! J'ai l'impression d'être la seule gourdasse dans tout le pays qui ne connaît rien au sexe.

— Tu ne te préoccupais pas de ces choses aux États-Unis.

— Parce qu'aux États-Unis, ce n'est pas mal vu d'être vierge à dix-huit ans, ici en Europe c'est tout simplement inconcevable.

— Chérie, j'ai passé toute ma vie aux États-Unis et j'ai eu mon premier rapport à dix-sept ans OK ? Arrête de croire que tu participes à un sordide concours dont le thème est : *qui a baisé avant tous les autres* ? Parce que ce n'est pas le cas. Et ma puce… Si tu couches avec un garçon juste pour devenir populaire, tu le regretteras toute ta vie. Si tu dois le faire, c'est avec un garçon dont tu es amoureuse. Compris ?

— Compris maman.

Même jour à Miami.

Jenna et Steve, un binôme émérite d'agents du FBI a été appelé pour enquêter sur le suicide présumé d'un riche homme d'affaire, lui-même en connexion avec les plus hautes sphères de la société.

Le gratin...

Et jusqu'à preuve formelle du contraire, un gratin ne se suicide pas. Pas sans aide en tout cas.

Les deux jeunes inspecteurs, observent le cadavre pendu à un lustre au beau milieu du hall d'entrée d'un pavillon de banlieue et semblent déjà être tombés d'accord sur le verdict.

C'est un meurtre.

Le suicide aurait pu paraître évident si l'assassin avait simplement mieux pris en compte la taille de sa victime. En effet, un homme mesurant 1m65, ne peut pas pendouiller à 43 cm du sol après avoir utilisé un marche-pied en bois de 20 cm.

Le tueur, dans sa précipitation n'a pas trouvé de tabouret mesurant 43 cm, ce qui aurait pourtant été l'objet parfait pour faire croire à un suicide.

Le corps de la victime est donc, en l'état, installé trop haut.

Une erreur de débutant. Ou d'homme ou de femme sous l'emprise de la panique. C'est la jolie Jenna qui fut la première à remarquer cette incohérence. Rousse comme sa mère, la magnifique chevelure de la jeune femme a très vite imposé à leur duo le surnom de Mulder et Scully, le couple d'agent du FBI résolvant des enquêtes paranormales dans la série télé X-Files. Et ce, malgré le fait que Steve affiche une fière tête blonde parfaitement rasée et coupé court pas comme son homologue de la série qui était plutôt brun corbeau. Fox Mulder et Dana Scully. Jenna et Steve...

Deux enquêteurs constamment en désaccord et qui arrivent pourtant systématiquement à la même conclusion.

Dans le cas présent, le sexe de l'assassin pose problème.

— C'est un homme qui a fait ça, affirme Jenna.

— Je dirais plutôt une femme, rétorque Steve en grattant sa nuque.

— La victime a été assassiné puis pendue. Seul un homme aurait eu la force de tirer ce poids mort à 2m08 du sol à l'aide d'une corde.

— Une femme n'aurait pas omis un détail aussi stupide que la taille du marche-pied. La preuve en est, tu t'en es rendu compte tout de suite.

— Un homme aurait sûrement moins paniqué et mieux géré son stress.

Steve arpente le hall d'entrée tout en tripotant ses mains gantés. Manifestement l'odeur du silicone poudré l'incommode légèrement.

— La victime employait bien des domestiques, non ? demande Steve.

— Absolument, répond un jeune homme à l'entrée du hall. Un couple marié, employé depuis quatre ans. La femme s'occupe du ménage et l'homme... plus ou moins de tout le reste. La police est en train de vérifier leur alibi.

Vêtu d'une ravissante veste en jean kaki, le jeune homme s'approche du duo un demi-sourire aux lèvres.

— J'aurais préféré qu'on se retrouve dans d'autres circonstances, dit l'inconnu.

— Chris ? s'étonne Steve. Chris Anderson ? Ça alors ! Tu es finalement passé inspecteur à ton tour ?

— Comme tu vois, répond-t-il souriant. L'académie me paraît bien loin.

— Que venez-vous faire ici ? demande Jenna.

— Ordre du directeur, on m'a demandé de venir rencontrer ma binôme pour les semaines à venir. C'est moi qui remplace Steve durant ses vacances.

— Excellente nouvelle ! s'exclame Steve. Ma charmante cousine sera entre de bonnes mains avec toi.

— Ta cousine ? s'étonne Chris.

— Je suis en couple avec son cousin Enzo, répond Jenna. Alors... dans l'hypothèse où nous finirions par nous marier, Steve m'appelle déjà sa cousine par alliance.

— C'est pas bête, dit Chris. Alors ? Qu'est-ce qu'on a ? demande-t-il en regardant le corps de la victime.

— Un cochon pendu, répond Steve.

— Un peu de respect, dit Jenna. Même si j'admets... que ce gars est une belle bestiole.

— C'est le moins qu'on puisse dire, dit Chris. Ce lustre... et cette corde... il fallait trouver du solide pour attacher un machin pareil.

— Tiens ! C'est vrai ça... dit Steve comme si deux fils électriques venaient soudain de se toucher dans sa tête.

— Oh putain ! lâche Jenna en agrippant l'épaule de Chris. J'adore quand il fait ça !

— Quand il fait quoi ? s'étonne Chris.

— Quand il aperçoit les détails de merde, ceux dont personne n'a rien à foutre.

Steve monte les marches tapissées de l'imposant escalier de bois menant à l'étage. Arrivé en haut, il peut enfin apercevoir le lustre de près. La corde.

C'est un très vieux lustre composé d'un épais corps horizontal en bois et de six appliques en acier, sertis de petites perles pendantes d'une étrange couleur violette. En réalité ce lustre est hideux. Mais bon sang, ce qu'il a l'air robuste.

— Il est solidement fixé au plafond ! lance Steve. Probablement pris directement dans la charpente de la maison ! Le tueur aurait pu accrocher deux gars du même gabarit que celui de la victime.

— Qu-est-ce que ça nous apporte ? demande Chris.

— Ça nous apporte que personne n'aurait pris le risque de pendre un éléphant à ce lustre sans être sûr et certain que le tout n'allait pas s'effondrer juste après.

— Le tueur connaît bien la maison... conclut Jenna.

— Ou bien il s'agit réellement d'un suicide, dit Chris. Seul le propriétaire des lieux pouvait savoir que ce lustre supporterait son poids.

— Pas bête. Mais tu te trompes, répond Steve. Trois personnes encore pourraient posséder cette information. L'architecte lui-même, mais vu l'âge de la baraque, il doit être mort depuis au moins deux-cent-ans. Il n'en reste plus que deux.

— Le couple de domestiques... répond Chris.

— Exact. Seule la femme qui a astiqué ce lustre tous les jours ces quatre dernières années pouvait savoir que ce machin supporterait le poids d'une baleine.

— Et son mari ? demande Jenna.

— Comme tu l'as dit dès le début, répond Steve en affichant un sourire ravi ; il a tiré sur la corde !

*

Un peu plus tard, après vérification des antécédents, des alibis et autres informations essentielles, il s'avéra que le couple arrêté avait bel et bien organisé l'assassinat de leur patron. Quand on demanda simplement au mari, *pourquoi* ils avaient fait cela, il se contenta de répondre que la victime *avait eu ce qu'elle méritait.*

On aurait du mal à faire plus vague.

— Apparemment, il aurait tripoté sa femme, affirme Jenna.

— Une main aux fesses... souffle Steve. Et ça justifiait vraiment d'aller jusqu'à assassiner leur employeur ? Ils ne pouvaient pas simplement démissionner ou porter plainte ?

— Certains hommes aiment tellement leurs femmes qu'ils feraient l'insensé pour elle, répond Jenna.

C'est le moment précis que choisi la montre de Steve pour sonner.

— Oh non, putain, pas elle ! lâche-t-il.

— C'est... c'est *elle* ? semble s'inquiéter Jenna.

Un écran flottant holographique apparaît devant le couple d'enquêteurs, montrant une femme au regard sévère et aux cheveux bruns, coupés au carré.

— Qu'est-ce que tu veux...*Elisha* ? lâche Steve d'un ton presque agressif.

— Comme d'habitude, répond-t-elle de sa voix sensuelle, j'ai besoin d'un service.

— Quel genre ? demande le garçon.

— Le genre... *familial*... et qui coïncide parfaitement avec tes vacances. Tu vois de quoi je parle ?

— Je crois oui. Ma famille autre que celle du FBI.

— Ta *véritable* famille tu veux dire. Je voudrais que tu ailles garder un œil sur ta sœur. Juste pour t'assurer qu'elle va bien et accessoirement... ramener un colis encombrant qui traîne dans son sillage.

— Elle a des problèmes ?

— Pas encore. Mais le clan Safioti aimerait beaucoup voir Ethan Argento rentrer au pays. Et le plus vite sera le mieux. Je compte sur toi pour aller à Oxford et ramener ce petit-fils de con par la peau du cul. Non sans avoir au préalable... laissé ta sœur mener les négociations.

— Négocier ? Avec le petit-fils de Marco Gara ?

— Catherine ne pourra pas, malgré nos plus sincères efforts, rester éternellement dans le secret. Les événements s'accélèrent et nous devons rapidement réagir pour les maintenir sous contrôle.

— Tu veux faire passer un test à Catherine ? Alors qu'elle n'est au courant de rien ?

— Je suis sincèrement désolée Steve, mais si le clan Safioti veut garder la famille Argento sous contrôle, il faut en maintenir le moindre membre sous notre botte. Catherine va devoir se débrouiller toute seule pour *contenir* le seul Argento sur lequel on a pour l'instant aucun contrôle. C'est le moment ou jamais de vérifier si elle possède ou non les capacités pour rejoindre le business.

— Bon sang... il n'y a pas un rosbif là-bas capable de l'aider ?

— Un étudiant d'Oxford prêt à faire la bagarre avec un jeune mafioso ? demande-t-elle d'un air niais. Est-ce que ça existe seulement ?

— Je dois te laisser Elisha, j'ai encore du travail qui m'attend ici. Je m'occuperais des formalités du voyage plus tard.

— Pas de problème. Et Steve ? Je te l'ai répété au moins cent fois, appelle-moi *maman.* Quant à toi Jenna, passe le bonjour à tes parents de ma part. Rappelle-leur qu'ils sont toujours les bienvenus à la villa Safioti.

— Sans... sans faute, *tata,* répond la jeune inspectrice.

Fin de la communication.

Jenna, la fille de Jennifer et Justin Bowman a toujours affectueusement appelé Elisha *tata.* Une manière élégante de signifier que la famille, la vraie, dépasse les simples liens du sang.

— On dirait que tu vas bientôt aller faire un tour avec le jet privé de ton père, dit Jenna.

Quelle merde... j'avais imaginé mes vacances autrement.

— N'oublie pas ton parapluie, dit Jenna en faisant un clin d'œil.

11. LE TREFLE A TROIS FEUILLES.

23 Mars 2047. Oxford.

Pour une raison qui échappe à Catherine et Tyler, tout semble plus beau qu'hier.

Le ciel est incroyablement plus bleu qu'avant.

L'herbe semble plus verte.

Même les oiseaux chantent plus fort et à dire vrai… on dirait qu'ils chantent plus juste que d'habitude.

Tout est parfait. Le monde est beau. Même le café de Tyler, qui ressemblait il n'y a pas si longtemps à du jus de chaussette, paraît délicieux.

— Il est super bon ton café ce matin !

— Grave !

— C'est le même que d'habitude ?

— Oui, mais il a l'air meilleur. C'est peut-être parce que j'ai encore oublié de fermer le sachet et de le ranger. Il a respiré, du coup il est meilleur.

— Comme le vin.

— Ouais, c'est ça… comme le vin.

Silence gênant.

— J'ai envie de le refaire, dit Catherine.

— Moi aussi ! s'exclame Tyler.

Et alors que les tourtereaux filent comme des fusées dans la chambre du jeune homme, ailleurs dans une luxueuse chambre d'hôtel en plein centre-ville, un autre garçon est au téléphone avec son père.

La discussion semble tendue à en juger par la manière dont le garçon fait les cent pas en hurlant sur sa montre.

— Non, papa, je te l'ai déjà dit. Personne ne sait rien.

— Tu es sûr ?

— Papa. Ici, on est chez les rosbifs, OK ? Ils ont que dalle, pas de FBI, ni les *Experts of Oxford* et putain de merde, Sherlock Holmes n'existe pas pour du vrai !

— J'ai réussi à t'envoyer quatre hommes en un temps record pour piéger ce gosse et c'est comme ça que tu me parles ?

— Désolé papa… c'est ce climat de merde qui me rend fou ! L'Angleterre, c'est moche à en pleurer et je pense que c'est encore pire en hiver. Je commence à croire que j'ai eu une mauvaise idée.

— Non, la mauvaise idée serait de ne pas aller au bout de ton plan.

— Je dois tenir une semaine. Dans sept jours, Kate va donner un suspect à la police et je serais tranquille jusqu'à ce que ça se tasse.

— Tu en es où avec ta princesse ?

— On a dû échanger huit mots pour l'instant.

— Tu te moques de moi ? J'ai déboursé neuf mille livres pour que tu la retrouves, tu es là-bas depuis presque un mois. Et tu ne lui as toujours pas parlé ?

— Elle a un mec ! J'ai trop traîné pour venir. Résultat : elle est tombée dans les bras du premier buveur de thé qui passait par là. Au fait, il me faut encore 500 livres pour remercier le *contact* qui m'a rencardé sur Jesse Gallagher.

— Payer, payer, payer ! J'entends que ça moi ici !

— Tu veux retourner aux États-Unis ? C'est moi qui prends tous les risques, alors arrête un peu de me faire chier.

— Pardon ?

— Je voulais dire… ça craint ici papa.

— Je préfère ! Tête de nœud !

Pendant ce temps, la chambre de Tyler s'est transformée en sauna.

Un ballet de chair rosée et brillante fait tourner le monde à l'envers.

— Tu es consciente… qu'on va arriver en retard en cours ? dit Tyler.

Allongée sur le lit en position du missionnaire, Kate tient fermement le dos de Tyler avec ses mains et pousse les fesses du garçon avec ses jambes comme si elle voulait l'aider à entrer encore plus loin, plus fort.

Plus vite.

— En retard où ça ? murmure-t-elle.

— J'ai oublié…

C'est le parfait moment que choisit la montre de Catherine pour sonner.

— Agnes... décroche ! bredouille Kate.

— Quoi ? s'exclame Tyler.

— Oh ! Merde ! NON !! s'exclame à son tour la jeune femme.

Elisha apparaît sur un écran flottant, la laissant profiter du spectacle.

Tyler emporté par son élan et fermement maintenu par Catherine ne peut pas bouger. Et la jeune femme dont le ventre brûle de plaisir, comme si son entrejambe était devenu un passage vers le paradis, n'a clairement pas envie de s'arrêter malgré le coup de fil.

Elle fait alors quelque chose de très étrange, elle tourne la montre pour faire sortir Tyler du cadre.

— Toi, si tu t'arrêtes, j'te tues ! hurle Catherine.

— Compris ! souffle Tyler.

Elisha ne voit plus que le visage trempé de sueur de Catherine et le bas de ses épaules.

— Qu'est-ce que tu veux… maman ?

— Je dérange ?

— Pas du tout… han !

— Tu te sens bien ?

— À ton avis ?

— Je suis navrée de l'apprendre de cette manière ma puce, mais pourquoi as-tu décroché si tu étais euh… prise ?

— Aah… je n'ai pas… han ! Je n'ai pas fait exprès !

— Je vais te rappeler plus tard.

— C'est trop tard, tu nous as vus et j'ignore pourquoi… je ne suis même pas gênée…

— Bon sang ? Ce que je craignais est en train d'arriver.

— Quoi ? de quoi tu parles ?

— Tu deviens une femme.

— J'en suis une… depuis hier…

— Tu comprendras plus tard de quoi je parle… dis-moi. Je peux parler au garçon ?

— Euh… oui… s'il est d'accord. Tyler ? Tu… veux dire un mot à ma mère ?

— Pas trop non, bredouille le jeune homme.

— Ça ne sera pas long, dit Elisha. Tyler ? C'est bien ça ? Ravie de faire ta connaissance.

— Moi aussi, si je puis dire… bredouille-t-il en envoyant de puissants coups de reins à sa bien-aimée.

— Vas-y doucement avec Catherine d'accord ?

— Que… quoi ? J'y… j'y vais trop fort ?

— Mais non imbécile ! Je ne parle pas de ta petite bite ! Je parle de la vie en général. Prends soin d'elle, c'est ce que je voulais dire. Catherine a toujours recherché le prince charmant. Si c'est toi, tu deviendras le plus heureux des hommes. Mais si tu lui fais du mal, crois-moi, elle t'en fera encore plus.

— Ça… ça ressemble à une menace…

— Pas du tout. Je t'explique simplement la situation. Au fait, j'aime bien ton tatouage à l'épaule. C'est le trèfle à trois feuilles de saint Patrick, n'est-ce pas ? T'es chrétien ?

— Je suis irlandais…

— J'avais deviné. Ce trèfle signifie aussi autre chose, pas vrai ? demande-t-elle sur un ton moqueur.

— Ça va poser un problème entre nous ?

— Pas du tout, dit-elle subitement, souriante. Au contraire, ça aurait plutôt tendance à me faire marrer ! Je pense que Catherine est en sécurité avec toi, je vais vous laisser les tourtereaux et… Kate ?

— Maman ? Aah ! Aaaah…

— Ton frère est en chemin pour te rejoindre.

— Quoi ? Mais pourquoi ?

— Je l'ai envoyé garder un œil sur toi. J'ignorais à ce moment que tu étais entre de bonnes mains. Ah ! Ah ! Ah ! Ah ! de bonnes mains ! Elle est bonne non ?

— *Fin de la communication.*

— J'ai carrément rien compris à tout ce qui vient de se passer, dit Kate. Et puis… chiotte, on va vraiment être en retard !

— Attends une seconde, bébé. Quand comptais-tu me dire que tes parents sont dans la mafia ?

— Quoi ? Mais pas du tout ! Pourquoi dis-tu ça ?

— Parce qu'une femme qui peut identifier un trèfle irlandais en deux secondes et qui trouve ça marrant… c'est parce que déjà d'une, elle appartient au milieu criminel et deuxièmement, elle doit être très haut placée dans son organisation. Alors maintenant, dis-moi qui sont tes parents !

— Je n'en sais rien. Et toi, qui es-tu au juste ? C'est quoi le trèfle à trois feuilles ?

— Ça... ça signifie qu'en Irlande, j'appartiens à un gang.

12. ESPRIT DE FAMILLE.

2043. Dublin. 02 h 00. A.M.

Bellali Lafleur, poursuivi par trois hommes, court comme un dératé. Le sac de papier qu'il tient fermement dans sa main gauche contient des pilules rouges et blanches.

Des médicaments ? Peu probable.

De la drogue ? Certainement.

Bellali court comme un écureuil qui essaie d'échapper à un loup. Trois en l'occurrence.

Et le moins qu'on puisse dire, c'est qu'ils ont la dalle.

Mais un black qui a grandi à Dublin, de deux choses l'une, il en a bavé toute sa vie. Et il n'a plus peur de personne sur terre.

Surtout pas de ses poursuivants. En réalité, ils l'ignorent encore, mais le jeune afro-irlandais ne prend pas la fuite, il les conduit droit dans un piège.

— Stop tú nigga! Gheobhaidh muid tú ar aon nós !

Arrête-toi le négro ! On t'aura de toute façon !

— J'entrave que dalle à votre langue de cons, répond Bellali.

Celui qui a toujours vécu en Irlande n'a étrangement jamais réussi à apprendre un seul traître mot de la langue locale. Et puis d'ailleurs, il est certain que ses poursuivants parlent anglais, mais qu'ils emploient ce langage pour se faire un peu plus menaçants.

— C'est du putain de charabia, pense-t-il à haute voix.

Malgré tout, en y réfléchissant bien, un mot lui revient.

— Fuck tú ! lance-t-il derrière lui.

Quoi qu'il ait dit (même s'il en a une vague idée), cela semble faire courir ses poursuivants encore plus vite.

— Ils sont rapides ces cons ! s'exclame Bellali.

Arrivé à Pearse square Park, le jeune homme à la peau aussi noire que la nuit qui l'entoure donne enfin le signal qui le sauvera.

— Clover !

Des hommes en civils apparaissent brusquement sautant directement des arbres dans lesquels ils étaient dissimulés.

De petites lumières bleues filant sans bruit comme les flèches tirées autrefois par les Indiens d'Amérique illuminèrent très brièvement le parc.

Dans un flot de sang délivré par les nombreux impacts de tirs dont sont victimes les mystérieux poursuivants, leurs corps désarticulés semblent danser une danse macabre.

Une danse de la mort.

Après les convulsions arrive immédiatement le silence.

En fait, la fusillade n'a fait aucun bruit et le voisinage dort paisiblement.

— Ces balles de lumières sont vraiment géniales, dit Aaron.

— Quand je pense qu'avant, on avait des munitions en plomb à l'époque.

— Ouais… c'était… un autre délire.

— Pourquoi n'émettent-elles aucun son ? demande un jeune garçon dissimulé sous un sweat à capuche.

— Il faut poser la question à l'homme qui les a inventés, répond Aaron.

— Papa ? Pourquoi tu me laisses en retrait à chaque fois ? J'aimerais bien faire l'appât pour changer.

— L'appât ? s'exclame Bellali. Tu es fou ? Il faut une condition physique parfaite pour pouvoir faire courir ces enculés à travers quatre pâtés de maisons. Et toi… tu as plutôt le physique d'un geek ou d'un premier de la classe.

— Oui d'ailleurs je voulais attendre pour t'en parler, mais puisque le sujet est sur le tapis, j'aimerais en profiter, dit Aaron. Avec ta mère, nous avons beaucoup économisé et… nous avons une surprise pour toi. Quelque chose de bien meilleur que cette vie minable de criminel.

— De quoi s'agit-il ?

— Tyler. Nous t'avons inscrit à l'université de Cambridge.

— Cambridge ? Pourquoi là-bas ?

— Tu aimes les étoiles, non ? Et Cambridge possède trois départements d'astronomie. Je pensais que ça te ferait plaisir.

— Ça me fait plaisir ! Mais euh…

— Quoi encore, putain ?

— Ce n'est pas ça ! Mais l'astronomie, ça m'amusait surtout quand j'étais gosse. Maintenant, je m'intéresse plutôt à l'informatique et tu sais *les trois couillons* comme tu les appelles…

— Simon, Danny et Louis… oui et bien ?

— Je sais qu'ils projettent d'aller à Oxford. Je… je préférerais aller là-bas avec mes potes.

— Pour travailler bien sûr ?

— Évidemment !

— Deviens quelqu'un, fiston. Si tu restes ici avec nous pour détrousser des dealers. Tu resteras un rien du tout.

— Compris. Papa ?

— Fiston ?

— Merci.

*

23 Mars 2047. Oxford.

Catherine réussit tant bien que mal à interroger tous les élèves de l'université qu'elle croise. Elle pose des questions sur Jesse Gallagher. N'importe quelle information pourrait s'avérer capitale.

Un journaliste ne cherche pas, il trouve.

Mais Kate n'est qu'à moitié là. L'autre moitié de sa personne est encore dans la chambre de Tyler débordante de questions.

Kate a le sentiment horrible d'avoir désormais deux enquêtes à mener.

Une sur celui ou celle qui a piégé Jesse.

Et une autre sur Tyler.

La *beauté froide* a presque envie de vomir en pensant une seule seconde que le garçon, à qui elle a offert sa virginité, est peut-être bien un gangster irlandais.

Serait-il capable de tendre un piège pareil à Jesse ? Absolument.

Aurait-il fait cela pour venger l'honneur bafoué de la jolie brune ? À envisager.

Se pose également le problème de la mystérieuse Britney Dunham. La jolie métisse blonde qui a, semble-t-il, fait chavirer le cœur de Jesse Gallagher.

Catherine est étonnée de constater que peu d'élèves au sein de l'université d'Oxford ne la connaît de près comme de loin. On parle d'une orpheline sous tutelle.

D'autres encore, d'une jeune femme qui se serait émancipée de ses parents. Une dernière théorie encore, prétend que la jeune femme serait une fugueuse.

Toutes ces théories sont autant les bonnes, que les mauvaises. Et du point de vue de Mercredi Adams, la beauté froide à la longue chevelure brune, cela représente un gros problème. La journaliste en herbe a besoin de concret et elle n'obtient que des rumeurs.

La rumeur est-elle le premier pas vers l'information ? Catherine semble le penser. Ne pas chercher. Uniquement trouver.

La seule chose dont Kate est certaine, c'est que Britney est quoiqu'il arrive, une authentique anglaise. Et que d'après les bruits de couloirs, celle-ci n'aspire qu'à rapidement obtenir son diplôme afin de fuir le plus loin possible de ce pays dans lequel elle a grandi et qu'elle ne considère plus comme son foyer.

Une fille sur le départ n'a donc plus rien à perdre. Et le premier garçon qui représentera de près ou de loin une porte de sortie, sera forcément le bon.

Ce qui ne colle plus avec Jesse Gallagher. Le riche enfant unique, venu étudier le droit international, se voit déjà comme le plus jeune avocat de Grande Bretagne.

Un garçon donc, qui ne rêve pas seulement de vivre toute sa vie en Angleterre, mais carrément de le conquérir.

Catherine, tiraillée par autant de questions, a besoin d'une pause. Et pour la première fois de sa vie, elle a envie d'essayer de fumer une cigarette.

Laura se cache derrière une des bibliothèques pour pouvoir fumer et rester seule un instant, pense Kate.

Le même jour, dans l'avion qui l'emmène jusqu'à l'aéroport d'Oxford, Stephen Sainte-Rose repense à ses années d'enfance et à ses trop rares moments de complicité avec sa sœur.

Six ans plus vieux qu'elle, *Steve* était là quand Kate a cassé le grand verre à cognac de leur père et qu'il a accepté de porter le chapeau.

— Je sais que ce n'est pas toi, a dit Peter ce jour-là. Mais dans une famille comme la nôtre, il est très important de faire preuve de solidarité.

Peter ne l'a jamais oublié. Toute sa vie a été basée sur cette idée simple :

— Ne jamais balancer.

Quand Steve était petit, ses parents l'ont exhorté à ne jamais dénoncer qui que ce soit. C'est probablement pour cela qu'ils lui ont fait regarder tous ces films de guerre quand il était enfant.

Tous ces films où des voisins appelaient la Gestapo pour dénoncer leurs voisins juifs.

Les parents de Steve le lui ont assez répété.

— Tu vois ce qui arrive si tu dénonces, Steve ? Il meurt ! Balancer quelqu'un, c'est exactement la même chose que de le tuer de tes propres mains !

C'est pour cette raison que le jeune homme n'a jamais été capable de dénoncer ses petits camarades à l'école, au collège, ni même au lycée, ce qui lui a vite valu une très grande popularité. Tout le monde aime les gens réglo. Steve s'est tu même lorsque cela aurait pu s'avérer nécessaire de parler.

— Steve ? Lui a un jour demandé son professeur principal. Tu es assis au fond de la classe ! Tu as forcément vu qui avait jeté une paire de ciseaux aiguisés dans le dos de monsieur Foreman !

— Je n'ai rien vu, bredouilla Steve alors âgé de treize ans.

Comment voulez-vous que je le balance ? Se demandait le jeune garçon. Si je le dénonce, il va mourir. Ou il ira en prison et mourra là-bas. Non seulement, Steve est absolument incapable de dénoncer, mais surtout, il déteste, du plus profond de ses tripes, les balances.

À chaque fois qu'il a surpris quelqu'un en train de donner le nom d'un autre, pour quelque raison que ce soit, la personne finissait systématiquement plutôt mal.

Dénoncer, c'est tuer ! disait-il à ses victimes.

À Oxford, pendant ce temps-là.

Kate vomit dans un buisson. La déesse n'a que très moyennement apprécié le goût particulier de la matière fécale chaude dans sa bouche.

— Bordel… eeuuuaaargghh !!! C'est ça le goût du tabac ?

— Plus ou moins ! répond Laura qui tient la queue de cheval de Kate. Désolée, ce sont des Lucky Strike légères, je ne pensais pas que ça te ferait cet effet.

— Tout le monde a une cigarette de lumière aujourd'hui… pourquoi tu te balades avec de vraies clopes ?

— C'est mon côté rétro.

— Ou carrément antiquaire, à ce niveau-là… eeeuuuaaaargghhh !! Putain, c'est vraiment dégueulasse… ça a un goût de merde !

— Je devrais peut-être penser à arrêter.

— Pas con comme idée… Fiou ! OK, maintenant, je voudrais boire du scotch pour goûter.

— Quoi ?

— Je plaisante.

13. Les supplices de l'univers. Le film.

Une pluie battante argentée illumine la nuit dans la ville imaginaire de Rainfall.

— Mais enfin, c'est impossible ! crie Nancy Newton. Don Di Carpaccio ne peut pas être mon frère !

— Siiii !!! répond une voix caverneuse émanant d'une cannette de bière. Le secret est désormais éventé ! Subissez la colère de Moshiro !

À ces mots, un tremblement de terre se mit à secouer les rues de la ville de toute entière.

— Maman ! hurle une petite fille en robe de chambre, elle semble être âgée de six ou sept ans. Nous devons mettre la cannette à la poubelle ! C'est ce qu'a dit tonton avant d'être transformé en nano-résidus de gelée protéiforme !

— Exact ! rétorque Nancy. Prends la cannette, mon amour ! Le destin de tout l'univers est entre tes mains !

— J'y arriverai, maman ! La poubelle spatiale devrait passer au-dessus de nos têtes dans… 5… 4… 3… 2…

— NON !!!! hurle Moshiro.

— 1 !

La petite fille lance la cannette dans le ciel droit vers la poubelle spatiale (qui ressemble furieusement à une poubelle ordinaire en plastique et munie de roulettes à part qu'elle flotte). L'objet vole majestueusement au ralenti accompagné d'une merveilleuse mélodie mélancolique, des violons, des cors, des flûtes.

Gros plan sur les larmes de la mère.
Plan sur la cannette.
Plan sur la fillette.
Plan sur un pigeon (parce que).
La poubelle spatiale semble sentir la présence de la cannette, car elle s'ouvre brusquement en grand !
Écran noir.

— NOOOOOOOOON !!!! hurle Simon accompagné des deux autres bandits solitaires.

— Ça ne va pas la tête ??

— C'était presque la fin !

Catherine debout derrière le divan des trois garçons, la télécommande à la main, écarquille de grands yeux verts d'incompréhension derrière ses immenses lunettes rondes.

— Sus à la fille ! hurle Danny.

— Qu'est-ce que j'ai fait ? A-t-elle à peine le temps de souffler.

Les bandits plongent littéralement sur la jeune femme qui se retrouve clouée au sol, recouverte par un amas de chaire juvénile masculine.

Alors qu'ils l'écrasent littéralement, Kate se débat comme elle peut pour conserver la télécommande, mais toutes ses gesticulations n'ont pour seul résultat que de la déshabiller. Sa courte jupe remonte jusqu'à ses hanches, laissant ainsi apparaître un ravissant string en dentelle noir. Sa chemise blanche dont plusieurs boutons ont sauté libère sa magnifique poitrine encore cachée sous un soutien-gorge en dentelle noire.

Curieusement, la vue de la belle presque nue n'attire pas un instant l'attention des trois geeks qui retournent à la vitesse de l'éclair tous les trois sur leur divan pour continuer à regarder le film.

Catherine, ses lunettes de travers sur son nez, a bien du mal à se lever. Celle qui pour la première fois porte des talons est obligée de mettre toute sa force dans ses cuisses pour se relever sans tituber.

— Vous êtes très cons, les mecs ! Vous le savez, ça ? dit-elle en remettant sa jupe en place. Vous avez même filé mon collant, putain !

— On s'en fout ! dit Danny sans se retourner.

— Espèce de… dit-elle en tentant d'agripper la télécommande posée sur l'accoudoir.

Mais Simon, plus rapide que la jeune femme, réussit à l'attraper in extremis et la serrer contre sa poitrine.

— Bande de nuls. Primo, l'un de vous va devoir me filer un de ses T-shirts pour remplacer ma chemise et deuzio, j'ai à vous parler. C'est au sujet de mon article.

Les trois têtes se tournent vers elle comme dépourvues de colonne vertébrale.

— Vous êtes vraiment flippants, les gars… on se croirait dans *l'exorciste.*

— Ton article, dit Danny. Tout le monde va le lire ?

— Je ne crois pas. Mon prof, le directeur et… peut-être le commissaire de police.

Murmures.

— Et qu'est-ce qu'on y gagne ? demande Simon.

— Euh… un câlin avec moi ? tente-t-elle.

— Pas intéressés, dit Louis en remettant le film en route.

— OK ! OK ! dit Kate ! Trois pass VIP pour la convention *Lords of Queens & Dragons* !

Le film est de nouveau en pause.

— Tiens donc ? dit Danny.

— Oui, dit Kate.

Nouveaux murmures.

— C'est d'accord, mais à une seule condition, dit Simon.

— Laquelle ?

— Tu vas devoir nous accompagner, habillée en cosplay.

— Oh, merde… quel genre de cosplay ?

— LA PRINCESSE MISSANDRA !!!! hurlent les trois garçons à l'unisson.

— Oh là là… Agnes ? Fais une recherche sur la princesse Missandra.

— Tout de suite.

L'écran flottant montre une myriade de miniatures émanant de tous les sites internet spécialisés sur le sujet. Kate en remarque une qui attire son regard plus que les autres. La couverture d'un roman intitulé : *Les chroniques de Missandra.*

La jaquette montre une jeune femme rousse dans une tenue pour le moins très échancrée.

— Vous êtes sérieux, bande de cons ? Vous voulez que je me pointe à une convention d'ados, puceaux et boutonneux, habillée comme ça ?

— YEEEEAAAH ! hurlent-ils.

— Les gars, si je vais là-bas dans cette tenue, au mieux je me fais gangbanger, au pire je me fais violer sur place.

— Tu te trompes lourdement, dit Simon. Missandra est un personnage de fiction. Au pire, c'est une source de fantasmes, les geeks présents là-bas vont davantage désirer ton autographe que l'intérieur de ta culotte.

— Le… le plus surprenant, c'est que tu as réussi à me convaincre, dit Kate.

— Deal ? demande Danny.

— Deal, répond la jeune femme. Maintenant, parlons de mon article. Je crois savoir que vous étudiez la programmation informatique, c'est ça ? vous êtes un peu des hackers non ?

— Nous sommes chargés de créer un antivirus révolutionnaire, dit Louis.

— Pour affronter les virus informatiques, malheureusement, il faut aussi savoir les fabriquer, dit Danny.

— Oui, mais nous, on est des pros ! s'exclame Louis soudainement euphorique. Alors Kate ? Qui veux-tu qu'on espionne ?

À l'écran, le film est terminé. L'interminable générique de fin laisse la place à une scène post-crédits.

On y voit la poubelle de l'espace frappée par un météore, libérant ainsi une créature mi-crabe, mi-samouraï.

— Moshiro est enfin de retour dans sa forme originelle ! crie un homme, dissimulé sous la capuche d'une longue cape marron clair, tandis qu'il regarde dans un télescope.

14. COPAINS D'AUJOURD'HUI.

Danny, Simon et Louis sont copains depuis l'enfance. Leurs parents, voisins de palier, habitent respectivement aux N° 1, 2 et 3 Floraville Drive, Bushelloaf Dublin 22 en Irlande. Ayant grandi ensemble, les trois garçons sont littéralement comme des frères.

Danny le plus vieux des trois, mais pas le plus mature pour autant, est le plus attiré par la lecture en général, il a une grande culture générale et se verrait bien professeur de littérature.

Simon est un an plus jeune, il aime la haute technologie et rêve d'aller dans l'espace.

Louis, le benjamin du groupe, a toujours rêvé d'avoir un grand-frère. Il a très tôt développé un besoin incontrôlable d'être entouré de gens plus vieux que lui. C'est ce qui l'a poussé à devenir ami avec Tyler quand tous les quatre étaient au collège, faisant de ce dernier malgré lui, le quatrième membre de leur bande.

Le 25 mars 2047, quand la belle Catherine a demandé de trio de glaner des informations sur Britney Dunham ET sur Tyler, cela n'a pas été du goût de Louis. Mais leur tendre affection pour la déesse depuis un an et demi et la perspective de la découvrir bientôt sous un jour inattendu, a poussé le jeune garçon à jouer le jeu.

— Ça te coûtera un selfie où on s'embrasse, déclara le jeune homme.

— Si je ne suis pas tombée enceinte au cours de l'après-midi, c'est jouable, a-t-elle rétorqué.

Ce que nos quatre héros ignorent, c'est qu'au même instant, Tyler est lui aussi est à la recherche d'informations concernant la famille de sa dulcinée.

Le jeune homme est en communication avec un dénommé Rory qui aurait effectué plusieurs missions pour le compte de ses cousins Irlandais de Chicago il y a fort longtemps.

— J'ai passé les deux derniers jours à chercher le nom Elisha Sainte-Rose et je n'ai rien trouvé tout du moins à Chicago, dit l'homme dont la voix affiche un âge avancé. J'ai fini en revanche par discuter avec un gars de New York qui aurait, il y a longtemps, entendu parler d'une *Elisha Preston* une prostituée appartenant à la mafia sicilienne.

— Admettons… et alors ? C'est quoi le rapport ?

— Le boss de cette fille s'appelait Don Angelo Carlone, il venait de Southland Hills. Et si tu n'en as jamais entendu parler, c'est parce que la ville a été renommée Hope Valley en 2014. Là où ça devient intéressant, c'est que cette gonzesse a buté son boss en 2012 et pris la fuite on ne sait où. Il s'avère qu'elle serait réapparue dans la même ville dix ans plus tard, en compagnie d'un certain Peter Sainte-Rose, le premier exécuteur du clan Safioti.

— Safioti ?

— Les dents de fer de Miami.

— Nom de dieu… j'avais raison. Catherine est bien la descendante d'un clan mafieux…

— Il y a plus grave, dit Rory. À la même époque, les Sainte-Rose se sont salement embrouillés avec un membre de leur… appelons cela : *le Conseil des Anciens.*

— Et ?

— Je crois que son petit-fils est dans la même université que vous.

Dans l'appartement de Danny sur St Clement Street, les quatre protagonistes observent en silence la vidéo prise par une caméra de surveillance du centre-ville datée du 23 mars 2047 à 19 h 12.

On y voit Ethan, donner une enveloppe à Tyler avant de lui asséner une chaleureuse tape sur l'épaule. Ces deux-là semblent se remercier mutuellement pour un quelconque service.

— Il n'y a pas de son ? demande la déesse.

— Oui, répond Simon. Il faut zoomer sur eux et isoler le son de leur conversation.

L'image grandit. Les visages des deux jeunes hommes sont désormais parfaitement identifiables.

— Merci pour l'info, ma couille ! Je n'aurais pas pu piéger ce con sans ton aide, dit Ethan.

— Je l'ai fait pour Catherine. Jesse lui a fait du mal, il méritait une punition.

— Une punition ? C'est comme ça que vous dites en Angleterre ?

— Je suis irlandais. Chez moi, on dirait plutôt une enculade.

— Aux États-Unis, on parle plutôt de *vengeance*.

— J'aime bien.

— Tu m'étonnes.

Les larmes de Catherine coulent, uniquement accompagnées par la respiration rapide de la jeune femme, ce qui semble inquiéter les trois compères.

— Nous… nous sommes désolés, dit Danny.

— Le salaud… bredouille Kate. Il s'est bien foutu de moi.

Le moment est subitement interrompu par la sonnerie de la montre de la jeune femme. C'est Tyler qui appelle. Catherine répond sans activer la visio.

— Bébé ! C'est la grosse merde ! hurle Tyler. On s'est fait avoir tous les deux !

— Laisse-moi tranquille ! crie-t-elle. Je m'en fous de tes histoires ! Je viens de te voir accepter l'argent d'Ethan pour l'avoir aidé à piéger Jesse !

— Oh, merde ! Tu as vu ça ? Je suis sincèrement désolée chérie, mais il y a plus grave !

— Plus grave que de m'avoir baisée après m'avoir menti ?

— Je ne t'ai pas menti, Kate !

— Je t'ai fait confiance, espèce de salaud ! Ne t'approche plus de moi !

— Catherine, bordel ! Ethan est…

— *Fin de la communication.*

— Agnes ? Bloque ce numéro jusqu'à nouvel ordre.

— *Compris, madame.*

— Tu vas raconter tout ça aux flics ? demande Simon.

— Je… je… c'en est trop... bredouille la jeune femme, avant de brusquement tomber à la renverse.

Le lendemain matin, Catherine se réveille dans sa chambre étudiante, Laura à son chevet dort paisiblement sur le vieux fauteuil fourni avec la chambre, propriété de l'université.

Les nombreux lions dorés qui ornent le tissu, feraient presque penser au lion de Gryffondor présent dans l'œuvre de JK Rowling. Catherine ouvre les yeux et constate sans plus de surprise, que sa colocataire lui a enfilé un pyjama deux pièces.

« *Elle m'a déjà vue toute nue* », pense la jeune femme. Une fois de plus ne changera pas grand-chose.

Laura ouvre les yeux à son tour et contre toute attente, trouve Catherine affalée les bras croisés sur ses jambes comme un chaton faisant la sieste sur sa maîtresse.

— Ça va comme tu veux ? demande la jolie blonde aux taches de rousseur.

— Pas trop.

— Les rois mages m'ont tout raconté.

— Ah ?

— Je suis désolée, ma belle, dit-elle en caressant tendrement les cheveux de la déesse.

— Moi aussi.

— Pourquoi serais-tu désolée ?

— Je suis désolée d'être une conne et naïve qui plus est.

— Tu n'as pas l'air aussi naïve, dit Laura souriante avant que son amie ne la regarde avec ses grands yeux verts inondés de larmes. Oh ! Désolée Kate, j'ai cru… qu'un brin d'humour...

— Ce n'est rien, dit Catherine avant d'embrasser subitement sa confidente sur la bouche.

La langue de la déesse fouille dans celle de Laura qui semble incapable de bouger. D'ailleurs, en a-t-elle seulement envie ?

— Qu'est-ce qui te prend ? demande Laura.

— Je crois que j'ai besoin d'un gros câlin.

— Ce n'est pas bien ce que tu fais Kate. Je ne veux pas te servir de défouloir chaque fois qu'un mec te déçoit.

— Tu ne m'as pas comprise. J'ai envie de te faire un gros câlin.

— Je n'ai pas besoin d'être consolée, dit-elle d'un air interrogateur.

— Peut-être. Mais comme tout le monde, tu aimes baiser.

— Tu as changé, tu n'es plus la petite fleur fragile qui a emménagé avec moi il y a un an et demi.

— Ma mère a dit que ça arriverait.

— Tu devrais peut-être lui téléphoner.

— D'accord. Mais avant tu vas enlever toutes tes fringues.

15. L'ULTIMATUM.

2045. Dans la villa de Michael Sainte-Rose. Miami. 9 h 00

Peter, fatigué par son vol en jet privé, ne rêve plus que de prendre une douche, l'homme de 62 ans n'est plus l'intrépide « arracheur de mâchoires » qu'il fût à une époque, en revanche, il est toujours un excellent *cogiteur*.

Et Peter a énormément cogité durant le vol.

Fabio Argento a réussi à l'émouvoir et il en est arrivé à la conclusion qu'effectivement, leur exil avait duré assez longtemps.

Mais comment le dire à Michael ? Celui qui, quelque temps après l'attaque de la villa Safioti par Marco Gara, a contre toute attente, décidé de reprendre le flambeau de Ricardo Safioti, leur ancien don, leur boss, et quasi-père adoptif.

La vérité est là, les événements ont conduit Michael sur le trône.

Trône qu'il gouverne avec une main de fer. Ce qui convient parfaitement à Peter qui apprécie d'être le premier exécuteur de son frère, autrement dit, le N° 2 du clan.

Et pour être un bon N° 2, il faut accepter de temps en temps de contredire le N° 1.

En entrant dans le bureau du don via les deux imposantes portes battantes en bois noir qui dominent la pièce, Peter les pousse avec tant de vigueur qu'il réussit presque à les faire claquer.

— Bon sang, Pete. Ces portes pèsent 150 Kilos chacune, dit Michael.

— 150 kilos ?

— 330,693 393 livres si tu préfères.

— Finalement, c'était presque plus clair en kilos.

— Que veux-tu, Peter ? J'ai une tonne de boulot et un deuxième exécuteur malade comme un chien.

— Garde à vue ?

— Je pense, mais il n'a pas osé me le dire au téléphone. D'ailleurs, il ne rappelle pas.

— Normal, il a utilisé son unique coup de fil.

— Tu voulais quelque chose ?

— Hum ! Je rentre à l'instant du Mexique, figure-toi.

— Ah, lâche-t-il sèchement.

— Et c'est toujours le même refrain.

Peter fredonne l'air de la chanson Living in America de James Brown.

— Nom de dieu, soupire Michael. Bon et si tu es ici, c'est parce que tu as cogité c'est ça ?

— Mais ça fait vingt ans maintenant que je cogite Mike ! Je les entends encore, tu sais ?

— Quoi donc ?

— Les coups de feu.

Michael repense aussitôt à l'assaut ordonné par le chef des serpents. Les balles, l'explosion.

— Et tous les hivers depuis cette période, reprend Peter. J'ai… une douleur à l'estomac qui se réveille toujours au même endroit.

— Ça va ! J'ai pigé ! Viens-en au fait.

— Je pense qu'il faut les rapatrier. Je les ai vus, ils ont l'air heureux, mais entre nous, ils n'ont rien à foutre là-bas. Fabio commence carrément à avoir la peau marron clair.

— Oh merde ? Pauvre chou. Et sa moustache est plus fournie qu'avant ?

— Il a même un accent maintenant, mi-anglais mi-espagnol… c'est… franchement curieux à entendre. Surtout quand tu sais que le gars vient de Savannah en Géorgie.

— J'ai compris. Si je les avais envoyés au Japon, à l'heure actuelle, ils auraient tous les yeux bridés. J'ai capté. Ils ont passé trop de temps là-bas… c'est compris. Malgré tout !

— Oh putain !

— Malgré tout, dit-il en effectuant une sorte de petite danse de la victoire et en souriant comme un démon, je vais leur demander encore un petit peu de patience.

— Pourquoi bordel ?

— Parce que c'est à la veille de Noël que les enfants se mettent à faire de grosses conneries, au lieu d'être sages comme des images ! L'excitation d'avoir bientôt son cadeau, ça rend barjo n'importe qui. Et les… Agnelli ?

— Argento.

— Les Argento ! Ils sont pareils ! Si je leur dis : *rendez-vous lundi*, ils seront tous armés jusqu'aux dents le dimanche.

— C'est vraiment ce que tu penses ?

— C'est ce que j'ai envie de penser. Alors je vais leur donner une date butoir sans leur en parler. Et s'ils se tiennent à carreaux jusqu'à cette date, alors oui, je les laisserais rentrer à la maison. Chez eux, aux États-Unis.

— De quelle date butoir on parle ?

— Ta fille part pour l'Angleterre à la rentrée, c'est ça ? Elle va y rester trois ans ?

— Exact.

— Eh bien voilà ! Ce sera la date butoir. Quand ta fille rentrera aux États-Unis, ces gros cons pourront rentrer en même temps qu'elle. Ils se tiennent à carreaux encore trois ans et je leur fous la paix.

— C'est long trois ans.

— C'est long si on attend, dit-il en souriant.

16. LA VISITE.

26 Mars 2047. 13 h 00.

Le château d'Oxford, fondé en 2032, est un immense complexe carcéral créé en hommage au véritable château d'Oxford aujourd'hui reconverti en musée.

Catherine, qui semble digérer avec peine les récentes révélations, marche fièrement droit devant elle dans le long couloir qui mène à la salle des visites, uniquement accompagnée du claquement de talons de ses sandales à lanières.

— C'est plutôt rare, une fille qui marche avec des talons aiguille de nos jours, dit une voix familière.

Britney Dunham, la jolie métisse aux mèches blondes a lissé ses cheveux pour l'occasion. Elle est venue voir Jesse et à en juger par ses yeux rouges, elle a pleuré.

— C'est joli ce que tu as fait à tes cheveux, dit Kate.

— Qu'est-ce que tu viens foutre ici, Catherine ?

— Je… je me demandais comment il allait ?

— Pourquoi ? Il y a déjà des gens qui pensent que c'est toi qui l'as piégé !

— Moi ?

— Tout le monde savait que tu étais amoureuse de lui alors qu'on sortait ensemble !

— Et… et ça m'a poussée à planquer 100 kilos de drogues dans sa chambre, tu penses ?

— 100 Kilos ?

— 220 Livres.

— Je ne sais pas… je ne sais plus… Kate, la vérité c'est… que je n'ai personne à qui parler, dit-elle en fondant en larmes.

Catherine enlace Britney un peu comme le ferait une sœur ou simplement, une meilleure amie.

— Je sais qu'on ne s'apprécie pas trop et qu'à dire vrai, on se connaît très mal, mais… si tu as besoin de parler, je suis là.

— C'est gentil, dit Britney en essuyant ses yeux à l'aide d'un mouchoir brodé.

— Il est joli ce mouchoir, remarque Kate. Il y a tes initiales dessus ?

— Oui, c'est… un cadeau…

— Un cadeau de qui ?

— Un cadeau de moi ! répond une voix masculine.

Ethan.

Ethan est ici, habillé tout en jean. Son sourire rendrait jaloux un requin. Et tandis qu'il agrippe tendrement les épaules de Britney, la blottissant contre son torse, la jeune femme semble retrouver légèrement ses esprits, d'ailleurs, elle sourit.

— J'ai vu votre câlin, dit-il. Très touchant.

— Putain, Ethan ! C'est quoi cette merde ?

— Que t'arrive-t-il ? demande Brit.

— Ce… ce gars… tu l'as rencontré où ?

— J'étais justement venue pour ça, dit-elle. J'ai expliqué à Jesse que je le quittais et que j'étais avec Ethan désormais.

— C'est du délire ! s'exclame Kate.

— Tu penses que c'est trop rapide ? demande Brit.

— Si je pense que… ? Mais non ! Ce n'est pas ça le problème !

— C'est quoi alors ? demande Ethan d'un ton sec.

— Mais c'est… vous vous aimez ?

— Eddy a été là quand j'ai eu besoin… d'affection, dit Brit.

— Oh ! s'exclame Kate. Je… je vois. Alors… tout va bien entre vous, pas vrai ?

— Tout va très bien, dit Ethan. La miss et moi avons beaucoup de points en commun.

Sur ces mots, le jeune couple s'éloigne. Lors d'une fraction de seconde, Britney n'a que furtivement le temps d'envoyer un dernier regard à Catherine. Un regard qui, la déesse en est certaine, voulait dire : Au secours !

Les talons aiguilles n'empêchent pas la jeune femme de se diriger rapidement vers la salle des visites.

— Ton avocate est là ! hurle un gardien.

— Quoi ? Mais je ne suis pas avocate ! dit Kate.

— Oh, pardon ! À votre tenue, on aurait cru. Les lunettes, la jupe, la veste noire, le dossier sous le bras, vous… vous ressemblez à une avocate, dit-il en refermant la porte derrière la jeune femme.

— Quel con ! Il aurait pu dire que je ressemblais à une journaliste.

Dans une grande salle, que l'on pourrait facilement confondre avec un réfectoire, avec ses murs blancs, ses longues tables accompagnées de bancs de la même taille, Jesse Gallagher, habillé en civil, attend patiemment les mains croisées que la déesse le rejoigne.

Il rumine si fort que Catherine arrive à l'entendre respirer depuis l'autre bout de la pièce. Un regard derrière elle, et la jeune femme surprend le gardien à reluquer ses longues jambes, brillantes à cause du collant qu'elle porte.

— Je crois qu'il a une érection, dit Jesse.

— Oui je… je crois aussi. Bredouille-t-elle en s'asseyant sur le banc en face du garçon. OK… je ne suis pas avocate, mais… j'ai bossé quand même.

— Bossé ?

Elle ouvre l'épais dossier qu'elle trimballait jusque-là et en sort une capture d'écran qu'elle donne à Jesse.la photo montre la poignée de main entre Ethan et Tyler, quelques jours après son arrestation.

— Eux deux ? grogne-t-il lentement.

— Jesse ? Est-ce que ça va ? Pourquoi tu es en civil ?

— Je porte les mêmes vêtements depuis le jour de mon arrestation, dit-il d'une voix lente. Ils m'ont mis dans ce qu'ils appellent *la salle d'attente*, c'est une aile de la prison réservée à ceux qui attendent de passer en jugement.

— Je vois. Écoute, je n'ai eu cette image qu'hier, mais avec, on peut prouver que tu es innocent.

— Pff... Britney est venue me voir.

— Je sais, je l'aie croisée. Elle t'a dit pour Ethan et elle.

— Oui, elle m'a dit.

— Et... et tu prends ça comment ?

— Catherine, je suis le fils unique d'un des plus riches couples de toute l'Angleterre, j'ai tout juste vingt ans et je suis en prison. Tu penses vraiment que Britney me préoccupe ?

— Elle baise avec le mec qui t'a envoyé en taule, ça... devrait te préoccuper.

— Eh bien non. Je me fous de Brit. Ce sont ces deux mecs qui sont importants. Alors… va au commissariat, balance-leur ton laïus et on verra bien.

— Comment ça, *on verra bien* ? C'est tout vu, cette photo prouve que tu es innocent, j'ai même l'extrait audio où ils parlent de toi.

— Catherine. Un mec de notre âge, loin de chez lui, qui réussit à faire rentrer 100 kilos de marijuana dans la chambre d'un autre type à l'autre bout du monde, ça devrait carrément te faire peur.

— C'est… c'est gagné, j'ai peur maintenant.

— Crois-moi, ça signifie que ce type a accès à des ressources illimitées et pour moi, ça veut dire : milieu du crime organisé. Dans ce cas, ta preuve est inutile. Si j'ai raison… il trouvera autre chose pour que je reste au trou.

— Je suis un peu perdue.

— C'est simple. Soit Ethan appartient à une famille criminelle qui le protège soit il est carrément à son compte. Et donc, il n'a aucune raison de vouloir étudier à Oxford. S'il est venu, c'est forcément pour trouver quelqu'un.

— Oh merde !

— Et qui que soit l'individu sur qui il veut mettre le grappin, il écartera toutes les personnes qui le gêneront.

— Tyler… il va s'en prendre à Tyler !

— Ton mec ?

— Et il y a plus grave, je pense que Britney aussi est en danger.

17. Le bonus.

À califourchon sur Ethan, Britney ne porte pour tout vêtement qu'un simple collier de chienne relié à une laisse, elle-même dans la main de son maître.

Celui-ci s'amuse beaucoup en voyant la belle métisse chevaucher sa virilité dure comme de la pierre.

Une main pliée derrière sa tête en guise d'oreiller, il se met soudain à compter les motifs carrés qui ornent le papier peint du plafond.

La chambre d'hôtel du jeune homme est d'une sobriété exemplaire, papier peint beige clair, des rideaux marron. Seul le mobilier dernier cri donne de la classe à l'ensemble.

— Ils osent appeler ça une chambre de luxe… soupire-t-il.

— Dis… moi… si… je… t'embête… surtout…

— Tais-toi, la chienne. Depuis quand les animaux parlent ? dit-il en tirant fermement sur la laisse, ce qui ramène le visage de la jeune femme à quelques centimètres du sien. La contemplant comme une magnifique œuvre d'art, il s'exclame soudain : dis-moi… on t'a déjà baisée par derrière ?

— Quoi ? Non ! répond-elle d'un air effrayé.

— Tu ne veux pas essayer ? Je suis certain que ça te plaira.

— Non ! hurle-t-elle en essayant de s'écarter du jeune homme.

Mais une seconde suffit à Ethan pour brusquement la soulever et la mettre à quatre pattes devant lui.

— Là, tu ressembles vraiment à une chienne !

— NON ! hurle-t-elle une dernière fois avant d'être étranglée par la laisse, rendant impossible de produire le moindre son.

Une déchirure et une brûlure obligent Britney à serrer les dents plus fort que jamais auparavant dans sa vie. Ses yeux sont fermés si forts qu'ils pourraient ne plus jamais se rouvrir. À deux doigts de vomir, la jeune femme n'a soudain plus aucune sensation. Il l'a lâché.

— Calmos connasse ! Je t'ai juste rentré un doigt ! Ça n'a pas pu faire aussi mal ?

— J'ai… j'ai cru… bredouille-t-elle d'une voix étouffée.

— Tout est dans la tête, dit-il calmement. Pour vraiment faire mal à quelqu'un, il faut atteindre sa tête et son cœur. Blesser physiquement quelqu'un est inutile. Tout le monde peut guérir d'une blessure physique. Mais le cœur ! hurle-t-il en serrant de toutes ses forces le sein gauche de Britney. Le voilà le point faible de tout le monde sur terre ! Tu veux en apprendre une bonne ? Même les gens qui se revendiquent *sans cœur* en ont un !

— Ça… ça vaut pour toi ! murmure-t-elle.

Silence.

Il relâche son étreinte. Se lève puis, observant par une des baies vitrées la ville plongée dans la nuit illuminée par un million de lucioles, il allume une cigarette.

— Tu as raison, Brit. Ça vaut aussi pour moi.

— Mais c'est quoi ton problème ? demande-t-elle, toujours allongée sur le sol. Qu'est-ce que tu veux ? C'est quoi ton objectif final ?

— Catherine Sainte-Rose. C'est elle que je veux. C'est pour elle que je me suis tapé le voyage. Je l'aime.

— Tu l'aimes ? C'est n'importe quoi, tu n'as jamais fait un seul pas vers elle.

— Et pourtant… je l'aime comme un fou, je la désire plus que tout au monde. Je vais la ramener aux États-Unis où m'attend un train de vie assez confortable pour nous mettre à l'abri du besoin et elle m'épousera. Elle sera ma reine. Plus besoin pour elle de travailler ou d'apprendre le journalisme dans votre horrible pays. Je prendrais soin d'elle.

— Qu'est-ce qui te fait croire que ça l'intéresse ?

— J'ai un magnifique cadeau pour elle ! Le plus précieux des trésors, celui qu'elle a secrètement cherché toute sa vie.

— Qu'est-ce que c'est ?

— La vérité sur ses origines, répond-il souriant. Je vais lui dévoiler le passé de sa famille ainsi que la mienne. Et quand elle saura la vérité, elle comprendra que nos deux familles sont liées et que notre union permettra de les réunifier pour toujours.

— Tu comptes la prendre par derrière elle aussi ?

— Je veux la prendre par tous les trous. Et elle aimera ça, car c'est dans son ADN.

— Tu te trompes sur Kate, c'est une fille bien. J'ai pu m'en rendre compte.

— Tu as vu le sommet de l'iceberg. Mais crois-moi, ce qu'elle planque dans l'océan de son subconscient foutrait la trouille à n'importe qui.

— Sauf à toi ?

Après un long silence semblable à un million d'années, le jeune homme finit par répondre.

— Exactement. Sauf à moi.

— Et moi, dans tout ça ?

— Toi ? Tu es juste un petit bonus.

Pendant ce temps, au commissariat d'Oxford, Catherine est venue faire part de sa théorie au commissaire.

Jason Gans est ce qu'on pourrait appeler un vieux de la vieille. Il connaît son métier sur le bout des ongles. Certains n'hésitent pas à dire qu'il l'a même réinventé. *Enquêter sur des innocents avant même qu'ils ne deviennent des coupables* est son credo.

Jason sait reconnaître un coupable rien qu'à sa façon de dire bonjour ou au revoir. Il a également cette particularité de ne pas reculer devant le statut social d'un suspect. Que vous soyez la personne la plus ordinaire du monde ou le PDG de votre entreprise riche à milliards, il sait que comme tout le monde à un moment donné, vous aurez envie d'aller aux toilettes pour faire la grosse commission.

Tout le monde chie, même la reine ! a-t-il dit un jour.

Jason est un peu philosophe à ses heures.

Dans ma prochaine vie, je veux me réincarner en chat. Car un chat dort dix-neuf heures par jour.

C'est de lui.

Il a détesté la série policière *The wire*, la qualifiant d'ultra longue et ennuyeuse.

Il a en revanche, comme tout le monde sur terre, adoré la série Breaking Bad et a même fait signer, il y a longtemps, une pétition de soutien aux quelques derniers humains sur terre qui ne l'avaient toujours pas vu.

Il hait les films sur la Seconde Guerre mondiale, car il considère que le devoir de mémoire est devenu une opération commerciale dont l'unique but est de vendre des stylos, des T-shirts et des boîtes de biscuits.

Pour ce vétéran de la guerre, des « terres rares » contre la Chine en 2035, la guerre n'est pas un business.

C'est la guerre.

« *Elle est également présente dans la rue* », pense-t-il.

C'est pour cela que les premiers mots qu'il prononce en voyant la jolie Catherine lui agiter une capture d'écran sous le nez sont :

— Vous êtes dans la merde !

Ce à quoi la brune ténébreuse répond :

— Et pourquoi donc ?

— Parce qu'on s'est un peu rencardé sur votre entourage et on n'a pas beaucoup aimé ce qu'on a trouvé.

— Comment ça ?

— Commençons par votre ami Tyler Monaghan. Vingt ans. Membre des *Poison no more*. Un gang qui s'amuse à chasser les dealers.

— De ce point de vue, il ferait plutôt le travail de la police non ?

Silence.

— En Irlande peut-être. Pas chez nous.

— Tyler est coupable de quelque chose ?

— Pour l'instant, *association de malfaiteurs*, dit-il en agitant devant les yeux de Catherine la capture d'écran. Ensuite, il y a vous. Catherine Andrea Sainte-Rose.

— Et alors ? Qu'avez-vous découvert à mon sujet ?

— Beaucoup de choses. Mais nous avons ordre de ne rien vous dévoiler.

— Comment ça ? Qui a bien pu vous donner un ordre pareil ? Vous êtes la police !

— C'est le FBI ! Vos compatriotes qui nous ont *poliment* demandé de ne rien vous dire concernant le passé de votre famille.

— Mais quand ? Quand avez-vous reçu une telle demande ?

— Aujourd'hui, dit Stephen qui fait irruption dans le bureau de Jason vêtu d'un costume noir intégral du plus bel effet. Pardonnez-moi, commissaire, mais je ne pouvais plus attendre pour retrouver ma petite sœur.

— Steve ! hurle la jeune femme en sautant dans les bras de son frère.

La faisant tournoyer comme un père fait tournoyer sa fille, Steve fait faire quelques tours à Catherine qui semble l'espace de quelques secondes, redevenir une petite fille.

— Mon Dieu ! dit-il. Tu es le portrait craché de maman quand elle avait ton âge !

— J'aimerais pouvoir répondre que je suis au courant…

— Kate, je suis désolé, mais la situation est un peu plus compliquée qu'elle n'y paraît.

— C'est possible ?

18. HEREDITE.

1er avril 2042. Miami.

Stephen Dominique Sainte-Rose en charmante compagnie, écoute la magnifique chanson des deux sirènes entièrement nues avec lesquelles il a décidé de faire nuit blanche.

— Happy birthday… to you… happy birthday… to you… happy birthday to you Stev … happy birthday to you!

Et alors que d'une simple pression sur une télécommande, Megan bascule la lumière d'ambiance de la chambre en mode *tamisée*, Lorie, elle, débarrasse Stephen de son pantalon, jette son caleçon par-dessus son épaule et sans plus attendre, goinfre littéralement le sexe encore mou de son amant.

Mais dans la bouche de Lorie, rien ne reste mou. La légende raconte qu'un jour elle a mis un ourson de chocolat fondu dans sa bouche et que quand elle l'a ressorti, il avait repris sa forme originelle. Dur comme s'il sortait d'un réfrigérateur.

Le sexe de Steve, en ce moment, ressemble à un ourson en chocolat. Sauf qu'il n'est pas fondu.

Megan entre temps s'est installée au-dessus du visage du garçon afin de pouvoir profiter des bienfaits de sa langue. Ce qu'il ne tarde pas à exécuter avec le plus grand des plaisirs. Le son de la bouche de Lorie mélangé à celui de la salive dégoulinante qui va et vient sur le sexe en béton de Steve, excite énormément Megan qui en voyant son amie pratiquer son art avec tant d'aisance, n'a plus qu'une envie, s'empaler sur le généreux organe exagérément gonflé.

— Ce n'est pas une bite que t'as, mais une batte de Base-Ball ! s'exclame Lorie entre deux coups de langues sur le sommet de son gland. Des glaces comme celle-ci, je n'en ai jamais mangé.

— C'est plus de bidoche que je ne peux en avaler en un mois, ajoute Megan.

— Toute la saveur, mais dix fois moins de calories ! dit Lorie.

— Tu peux manger tout ce que tu veux, dit Stephen qui fait une légère pause.

— Ne laisse pas ma chatte sans ta langue ! supplie Megan, elle refroidit déjà !

— Oh ! Pardon ! dit le garçon en reprenant son énergique cunnilingus.

— Oh oui… comme ça... murmure Megan…

Steve fête aujourd'hui ses vingt et un ans. Megan et Lorie, deux de ses amies avaient réservé un cadeau tout à fait spécial pour Steve qui ne s'y attendait pas. Et tandis que la brune, la blonde et le Saint-Esprit semblent fusionner lors de préliminaires déjà bien trop longs au goût des jeunes filles, Lorie brandit, comme sortie de nulle part, une bombe de crème chantilly.

— Tu vas faire quoi avec ça ? demande Steve maintenu allongé, les mains au-dessus de sa tête par Megan.

— Pour tout anniversaire, il faut un gâteau ! répond-elle en recouvrant le magnifique organe masculin de crème fouettée. Et j'adore les gâteries, ajoute-t-elle souriante et coquine.

— Moi aussi j'en veux ! s'exclame Megan, l'air triste. Je veux du gâteau !

— D'accord ! D'accord ! dit Lorie, tu peux avoir la première part, mais fais attention ! Si tu la savoures assez longtemps, tu pourras même avaler la crème anglaise bien chaude qui est à l'intérieur !

— J'ai compris ! Je ferai attention ! Heureusement que j'ai très faim, dit-elle en salivant.

— Ça doit être ça le paradis ! s'exclame Steve.

— La soirée ne fait que commencer, dit Lorie la blonde, je serais très étonnée que tu tiennes la nuit entière.

— Je pourrais te surprendre, dit Steve.

— Il va nous falloir du renfort ? demande Megan.

— Non, je pense qu'on peut se charger de lui rien que nous deux.

Le soleil se lève sur Miami alors que les trois amants dorment blottis les uns contre les autres comme des chatons voulant se réchauffer. Il semblerait que la nuit a été longue à en juger par la quantité de préservatifs qui jonchent le sol.

Steve, qui a ouvert les yeux le premier, a réussi à s'extirper du lit sans réveiller les deux sirènes qui dorment encore paisiblement.

Marchant sur la pointe des pieds, il rassemble ses affaires. Puis après avoir laissé un petit mot amoureux sur le sommet de la cafetière dont le café, tout juste coulé, a embaumé la cuisine d'une délicieuse odeur qui réveille, Steve quitte l'appartement des deux sœurs.

> *La nuit a été magique, aujourd'hui j'ai vingt et un ans, mes projets vont se concrétiser. Le monde des adultes m'ouvre ses portes et vous deux aurez été la clé.*
>
> *J'ai un rendez-vous pour du boulot, je vous dis à ce soir. Car si tout se passe bien, il faudra aussi fêter mon embauche. Je vous aime pour toujours. Vous êtes complètement folles.*
>
> *À ce soir.* ♥ ♥

Une heure plus tard, Stephen Dominique Sainte-Rose, fils de Peter et d'Elisha Sainte-Rose attend dans une salle d'attente qui, elle aussi, sent bon le café.

Si Catherine est la copie conforme d'Elisha, alors Steve est le portrait craché de son père. Blond foncé, cheveux courts coiffés avec du gel, yeux bleus.

Steve est également un *raseur obsessionnel* et un accroc à l'épilation. Il n'aime pas les barbes ni les poils. Imberbe. C'est un mot qui le définit parfaitement.

— Décidément, murmure-t-il.

— Nerveux ? demande le jeune homme assis à côté de lui.

— Un peu… nous avons passé les tests d'aptitudes, mais… l'entretien…

— C'est ce qui fait le plus peur, je sais.

— Stephen Sainte-Rose.

— Enchanté, moi, c'est Chris Anderson. Sainte-Rose ? Comme Elisha Sainte-Rose ?

— Oui, c'est ma mère. On se connaît ?

— Pas du tout. Mais comme tout le monde, j'ai entendu le nom du légendaire agent du FBI qui a vécu mille aventures !

— Bah, je peux te dire qu'elle n'en vit plus des masses aujourd'hui.

— Vraiment ?

— Quand j'étais môme, ma mère c'était le genre barjo, cougar sexy, complètement allumée, tu vois le tableau ?

— Je crois…

— Mon père avait le chic pour la relancer, franchement ils faisaient la paire tous les deux. Aujourd'hui, ils sont toujours un couple parfait, mais ils sont fatigués et puis ils se sont beaucoup calmés quand ma sœur est arrivée.

— Pourquoi ?

— Ma mère a accouché à quarante ans tout pile et… de l'avis des médecins à cet âge, c'est une grossesse à risque. N'empêche que tout s'est bien passé, je me suis retrouvé grand-frère à l'âge de six ans et je n'ai pas angoissé comme tous ces gamins qui pensent que leurs parents les aimeront moins du jour au lendemain parce qu'un autre arrive. Mais mes parents ont tenu à préserver Catherine de leur passé *aventureux*, à faire peau neuve pour qu'elle grandisse dans un cadre plus *sain*. Ma mère a quitté le FBI il y a six ans puis a décidé de diriger un cabaret. Elle a appelé ça un *retour aux sources.*

— On a vu plus sain, non ?

— C'est drôle ! J'ai dit pareil ! Mais ma mère a répondu un truc du genre : *un string ne risque pas de lui exploser au visage.*

— Trop fort ! dit Chris.

— Du coup, ça m'a fait marrer et je n'ai pas cherché à en savoir davantage.

Un homme en costume noir entre dans la salle d'attente, muni d'un calepin.

— Sainte-Rose ! dit l'homme. C'est à nous !

— Bonne chance mec ! dit Chris.

— Merci, répond Steve en lui mettant une tape sur l'épaule.

Moins d'une minute plus tard, Steve est assis devant un magnifique bureau en bois semblant venir d'un autre âge. Deux hommes lui font face, un grand tout maigre et un plus petit assez costaud.

— Bonjour jeune homme ! Bienvenue à l'entretien d'admission de la FBI academy de Quantico ! Première question comme ça de but en blanc, pourquoi voulez-vous devenir flic ?

— C'est héréditaire monsieur.

19. LE PIEGE.

Dans un immeuble de St Clement Street, Tyler ouvre les yeux comme tous les matins, sorti de son sommeil par un réveil *la belle et la bête* de Walt Disney.

Le premier cadeau que lui a fait Catherine quand ils ont commencé à sortir ensemble un mois plus tôt.

« *Un mois…* pense Tyler. *On peut dire qu'il s'en est passé des choses.* »

C'est fou comme le monde peut basculer en trente jours et même moins que ça. Une semaine, un jour, une heure, une seconde. Un événement déterminant suffit à faire la pluie et le beau temps.

Pour Tyler, l'événement déterminant, c'est quand il a quitté l'Irlande pour faire de grandes études en Angleterre, admis haut la main pour avoir brillé à tous les tests et entretiens… Tyler est en premier lieu et avant tout, une grosse tête.

Non.

C'est quand son père lui a dit qu'il pouvait être autre chose qu'un petit criminel au rabais.

Non plus.

C'est quand le premier jour à l'université d'Oxford, il a croisé la plus belle création de dieu au délicieux parfum de fraise.

On s'approche.

Catherine Sainte-Rose et sa divine et démesurément longue chevelure brune aux reflets éclatants.

C'est ça.

Il a dit : « Ouah ! Qu'est-ce qu'ils sont longs tes cheveux ! »

Et de fait, les longs fils couleur ébène s'étendaient jusque derrière les fesses de la princesse.

— C'est pour ça qu'on fait des chignons, répondit-elle froidement.

— Tu arrives à faire des chignons avec des cheveux pareils ?

— Des gros chignons, dit-elle souriante.

Ce sourire, Tyler ne l'a jamais oublié et ne l'oubliera jamais. En fait, depuis vingt-quatre douloureuses heures sans nouvelles de sa dulcinée, ce sourire est la seule chose à maintenir son esprit éloigné de la folie.

« *Elle m'aime, je le sais. Pas d'inquiétudes à avoir.* »

Le réveil sonne toujours. Une simple pression sur son sommet fait taire l'appareil.

« *Un joli cadeau.* »

C'est là qu'il le remarque, le sang sur ses mains.

« *Merde ! Je me suis blessé en dormant ou quoi ?* »

En tournant la tête dans toutes les directions, il se rend compte qu'il n'est pas seul dans son lit.

Une jeune fille. Métisse. Avec des mèches blondes. Froide.

Tyler est plus silencieux que le silence lui-même, un flot d'informations assaille son cerveau.

« *Ce n'est pas moi* ». Il le sait.

Britney Dunham est morte. Il en est sûr.

Et les claquements de portes en bas de l'immeuble qui arrivent jusqu'à ses oreilles le préviennent instantanément de ce qui se passe.

« *La police est là. Pour moi. C'est une mise en scène, un piège.*

Il me faut un pantalon. »

Que fait un voyou irlandais avec un quotient intellectuel de 130 ?

« *Putain, il court !* »

Un pantalon, un T-shirt. Quatre secondes.

Des chaussures, un manteau. Quatre secondes.

Vomir dans les toilettes ? Pas le temps.

Ce n'est plus l'intellectuel qui pense, mais le jeune gangster en herbe.

« *La police irlandaise ne m'a jamais attrapé. On va voir ce que vaut la police anglaise.* »

Les ascenseurs résidentiels d'immeubles ordinaires ont des vitesses comprises entre 0,6 et 2,50 m/s. Tyler le sait, son grand-père était ascensoriste, installateur et dépanneur. Il a passé des heures à expliquer à son petit-fils tout ce qu'il fallait savoir sur le sujet.

L'immeuble dans lequel il vit mesure 21,75 mètres. Soit 6 étages de 3,625 mètres.

Le jeune homme, aujourd'hui âgé de vingt ans, sait que l'ascenseur de son immeuble va mettre 8,64 secondes à atteindre son étage.

« *C'est deux secondes de trop.* »

Quand les quatre agents sonnent à la porte, prévenus par un appel anonyme, l'appartement est déjà vide.

Tel un acrobate, Tyler se laisse tomber de balcon en balcon en les agrippant presque sans effort.

Le jeune homme l'a déjà tellement fait dans son adolescence quand son père et lui devaient échapper à la police après un cambriolage raté.

Quelques rues plus loin, Tyler s'accorde quelques secondes pour observer les agents de police restés en bas de l'immeuble qui semblent discuter via leurs montres Agnes.

Tyler n'est pas flic, mais il sait malgré tout mener l'enquête. Et tel un jeune Sherlock Holmes, il connecte assez rapidement les éléments entre eux.

Catherine.

C'est forcément elle le fil rouge. Une fille pour trois garçons. Pas compliqué d'imaginer le reste.

Un en prison. Le deuxième, accusé de meurtre. Il n'en reste qu'un.

— Ethan, espèce de fumier !

Tyler, qui est du genre prévoyant, a toujours de la liquidité sur lui en cas de pépin ou surtout au cas où Catherine aurait envie d'aller manger un morceau. Chose qui, à l'heure actuelle, n'est plus au goût du jour.

Tyler connaît également toutes les astuces pour retarder la police, la première, la plus facile, étant de simplement changer d'apparence.

Enlever ou enfiler ses lunettes, arranger ses cheveux d'une autre manière, retourner son manteau s'il est réversible où seulement l'enlever et le tenir plié sur un bras. S'asseoir à une terrasse et commander un café alors que la police recherche quelqu'un qui court.

Toutes ces astuces fonctionnent avec plus ou moins de succès, l'objectif, encore une fois, n'étant pas d'échapper à la police, mais seulement de les retarder. Chaque seconde est précieuse, et une d'avance sur ses poursuivants permet parfois de faire des kilomètres.

Monter dans un taxi, prendre le métro…

Mais Tyler ne cherche pas à parcourir des kilomètres, il veut retrouver Catherine et avoir une conversation avec Ethan.

La police cherche un jeune homme brun aux cheveux mi-longs et portant des lunettes.

Facile.

Un simple regard panoramique suffit au jeune homme pour apercevoir un salon de coiffure.

— Il est l'heure de dire adieu à ma tignasse.

C'est fou comme le monde peut basculer en un mois.

Un événement déterminant suffit à faire la pluie et le beau temps.

Tyler le sait, il faut moins d'une seconde à une personne physionomiste pour reconnaître un visage.

Une seconde d'avance permet de faire des kilomètres.

— Ça m'en fera gagner deux.

20. DIEU PROTEGE LA REINE.

Dans la limousine louée par Stephen, l'ambiance est pour le moins tendue.

En effet, le jeune homme n'a plus décroché un mot depuis que lui et sa sœur sont à bord du luxueux véhicule.

Autant par soif que par désir inconscient de briser le silence gênant, le jeune agent du FBI se sert un whisky au mini bar qui se tient là.

— Tu as le droit de boire en service ? demande Kate.

— Je ne suis pas en service. Officiellement, je suis en vacances. Et le hasard fait que j'ai choisi de les passer en Angleterre et plus précisément à Oxford.

— Le hasard fait bien les choses.

— Tu m'étonnes ! Papa était hystérique quand il m'a demandé de te rejoindre.

— Ah ? Parce que c'est son idée ?

— Qui d'autre ? Maman ? Elle n'en a plus rien à foutre de rien depuis son départ du FBI.

— Dû à ma naissance.

— Kate… que sais-tu au juste à propos de nos parents ?

— Oh mon dieu ! Alors nous y voilà ! Le moment fatidique où tout le monde veut s'assurer que tout s'est déroulé comme sur des roulettes !

— Pas compris.

— C'est pourtant simple. Vous me prenez tous pour une débile qui ne sait rien à rien. À qui on a caché le maximum d'infos sur le passé de sa famille pour la préserver.

— Et ?

— Et alors… je sais plein de choses.

— Plein de choses ?

— Tout ce que j'ai pu glaner comme infos depuis que j'ai douze ans et qu'un jour, je me suis amusée à taper *Peter Sainte-Rose* sur internet. Je sais que je suis la dernière descendante du clan Safioti. Par contre, je n'ai rien trouvé sur maman. Sûrement le FBI qui a effacé les traces de son passé. Même si je suis tombé sur des coupures de journaux assez… explicites du style : *Pour une lap dance du tonnerre, contactez Elisha Preston.*

— Merde… alors, tu sais.

— Non Steve. Je ne sais rien du tout. Je n'ai que des doutes.

— OK… alors, écoute. Maman n'a pas toujours été tenancière de cabaret ou agent du FBI. Quand elle avait dix-huit ans, elle a été prostituée de force pour le compte d'un clan mafieux dirigé par un dénommé Angelo Carlone dans l'ancienne ville de Southland Hills.

Catherine reste figée. Elle écoute attentivement alors que Steve reprend de plus belle.

— En 2012, avec l'aide de quelques-uns de ses amis, elle a provoqué l'explosion de sa villa. Maman désormais libérée de son boss est partie vivre à Miami où elle a rencontré papa, alors lui-même second exécuteur du clan Safioti pour le compte de tante Andrea à l'époque.

— Je suis la fille d'une ancienne prostituée…

— Non, Catherine. Ce n'est pas ça qui est important. L'essentiel de cette histoire, c'est que j'ai un jour entendu, par accident, maman dire à papa que même si on ne l'avait pas *hypnotisée*… là, j'avoue que j'ai pas compris… elle disait en gros que même si elle n'était pas devenue une prostituée, et qu'elle était partie en Angleterre comme elle le voulait…

— Elle aurait quand même été une grosse salope.

— Elle ne l'a pas tout à fait dit en ces termes, mais… c'est plus ou moins ce qu'il fallait traduire, oui.

— Je… je comprends mieux ce qu'elle a dit à Tyler… quand elle m'a téléphoné alors qu'on baisait.

Catherine comprend instantanément de quoi il s'agit, Elisha a peur que sa fille ait hérité de son appétit sexuel hors du commun. Si on l'avait tout ce temps préservée de l'obscur passé de ses parents, était-ce pour la protéger ? Ou plutôt pour l'éloigner de la tentation ? Autant de questions que la jeune femme réussit à contenir dans sa bouche avec un flegme exemplaire.

— Ça te réussit drôlement de vivre en Angleterre, dit Steve.

— Ta gueule ! Et au fait… on se rend où comme ça ?

— Le but de ma mission est de t'escorter jusqu'à Ethan Argento.

— Quoi ? Mais pourquoi ?

— Le destin de sa famille est entre tes mains.

Au même moment, Tyler Monaghan, arpente en silence le parking de l'hôtel quatre étoiles Hans Rausing sur Church Way, dans lequel est descendu Ethan.

Catherine ne répondant toujours pas sur sa montre, le jeune homme passe direct au plan B.

Choper Ethan et le confronter.

Tyler se souvient de cette fois où, avec un membre de son gang, ils se sont infiltrés dans le sous-sol des cuisines d'un très chic restaurant dans l'unique but de subtiliser de l'alcool.

Habillé en serveur, Tyler a soudain l'impression d'avoir retrouvé ses quatorze ans quand un employé lui demande qui il peut bien être.

Intérimaire envoyé en catastrophe pour remplacer un collègue malade, a-t-il répondu. À l'époque, il aurait dit : *le stagiaire*.

Les temps changent.

Le jeune homme qui n'a pas eu le temps de déjeuner règle ce léger détail en se servant grassement dans tout ce qui passe à sa portée.

— C'est donc ça le goût du caviar ? On dirait des œufs de lump !

Tel un ninja, le garçon réussit à coincer quelques morceaux de foie gras, entre deux tranches de pain de mi, accompagnés d'un petit verre de vin blanc.

Le paradis semble être tombé sur terre quand Tyler aperçoit une cafetière qui vient d'être coulée.

Requinqué, le fils du leader des *poison no more* se faufile comme un écureuil. Il est 8 h 12 et il a déjà atteint l'ascenseur qui mène au rez-de-chaussée.

Technique numéro une, le changement d'apparence.

Tyler enlève sa veste de serveur et la coince pliée sur son avant-bras, ne laissant apparaître sur lui qu'un élégant pantalon noir et une chemise blanche. À peine sorti de la boîte de conserve, il jette sa jaquette blanche dans une poubelle et fonce droit comme un missile vers la réceptionniste de l'accueil.

Faisant semblant de parler à son bouton de manchette, il s'approche, de manière à la fois décontractée et nerveuse.

— Équipe bravo ? Le suspect m'a échappé ! Restez en stand-by.

Écarquillant d'immenses yeux marron, la réceptionniste, une sympathique jeune femme aux rondeurs bien placées, ne peut s'empêcher de poser LA question.

— Monsieur ? Puis-je vous aider ?

— Chut ! souffle-t-il tout bas. On nous observe peut-être.

— Mais qui ?

— Agent Forbes du MI6, murmure-t-il à la limite du spectre. Je ne peux rien dire.

— Vous pouvez me montrer une pièce d'identité ? demande-t-elle, soupçonneuse.

— Si je voulais mourir très jeune, je vous balancerais ma carte d'agent secret en pleine tronche, mais au risque de vous sembler étrange, je tiens à la vie, dans l'ensemble j'aime bien, ce n'est pas trop mal !

— Pardon, mais… c'est un peu gros votre histoire, non ?

— Évidement que c'est gros puisque… chut ! dit-il, en faisant mine de lire un dépliant pour touristes. Écoutez, je prends un risque énorme en m'adressant à vous, mais vous pouvez nous faire gagner un temps précieux. Y a-t-il dans cet établissement, un locataire du nom de Jean Barbier ?

— Euh… non, pas que je sache.

— Parfait. Léon Cobb ?

— Non plus… enfin, je crois.

— Très bien. Et le dernier… Ethan Argento.

— Ah ! Si… attendez… ça me dit quelque chose. Oui, il y a bien un résident de ce nom ici.

— Et merde !

— Qu'y a-t-il ?

— C'est vraiment pas de chances pour vous. *Ethan, le feu d'artifice* merde… comme par hasard, il fallait que ce soit lui.

— C'est un criminel ?

— Le mot est faible. C'est un terroriste qui projette de faire exploser les collèges de l'université d'Oxford.

— Vraiment ? Mais c'est terrifiant !

— N'ayez crainte. Tout ce qu'il me faut, c'est son numéro de chambre afin de pouvoir le neutraliser sans inquiéter le reste de la clientèle. Je vous citerais dans mon rapport confidentiel et vous serez décorée pour service rendu.

— Très… très bien… vous me promettez que ce n'est pas un canular ?

— Madame. En temps normal, nous serions entrés dans le bâtiment en grande pompe au risque d'effrayer la clientèle et d'alerter un dangereux terroriste de notre présence. Mais pour cette fois, nous avons préféré agir dans le feutré. Sauf que ce faisant on obtient les infos moins rapidement, vous comprenez ?

— Je crois oui.

— Parfait, dites-vous simplement que vous venez de rendre service à votre pays. Le véritable héros du jour, ce n'est pas moi, c'est vous.

— Il se trouve dans la chambre 724.

— Merci infiniment, madame. Dieu protège la reine.

21. Le depart.

Vingt et un ans, c'est le temps qu'Elisha a passé au sein du FBI.

D'abord, simple agent de terrain, chargé de relever les indices, puis enquêtrice adjointe de Gregory Barnes, une légende au sein du bureau qui a tout appris à la belle brune alors âgée de vingt-neuf ans.

Nous étions en 2015.

Elisha Preston et sa longue chevelure brune.

Une démarche pareille est inimitable, faut-il qu'elle soit excitée en permanence pour toujours sembler aussi coquine ?

Gregory Barnes en a fait les frais, côtoyer la déesse l'en a fait tomber amoureux, mais une déesse de l'Olympe ne se fait pas *choisir*, c'est elle qui choisit le mortel qui lui plaît.

Quand bien même cela blesse le mortel.

Plus tard, l'ange des ténèbres est brièvement devenu simple enquêtrice pour finalement devenir agent d'infiltration.

Poste qu'elle occupera le plus longtemps, devenant sa spécialité sous l'œil bienveillant de Kevin Stone son responsable de mission, supérieur et ami.

Se mélanger, imiter et surtout… écouter et comprendre tout ce qui se raconte.

Faire semblant. Encore et toujours. Sans jamais se perdre.

En 2028, Elisha est promue au poste de responsable de mission à son tour.

Chose qui l'amusa beaucoup à l'époque. Celle qui se considérait comme exubérante et un peu tête en l'air, se retrouvait avec de hautes responsabilités.

Elle chapeauta avec brio les missions de jeunes agents qui bénéficièrent de son expérience.

Jusqu'à cette fille, Alicia Witt. Un jeune agent montant qui dit un jour à Elisha, qu'elle ne voulait pas que sa fille grandisse dans un monde de violence. Et qu'une fois qu'elle aurait accouché, elle quitterait le FBI.

En entendant ces mots, l'idée fit son chemin dans la tête de la déesse. Catherine a neuf ans. Elle va entrer au collège l'année prochaine.

« *Où serais-je à ce moment-là ?* », se demanda-t-elle.

Peut-être qu'Alicia a raison, la famille c'est plus important que le travail et surtout, Elisha a le choix.

Ce boulot qui lui plaît tellement, qui l'a largement aidée à redevenir un être humain, elle le quitte quand elle veut.

C'était en 2036.

— J'aime beaucoup votre tatouage à l'épaule, je vous l'ai déjà dit ? demande Kevin.

— Non, Kevin. Vous ne me l'aviez jamais dit, tout simplement parce que je n'exhibe pas mes tatouages au travail.

— Pourtant à une époque, vous les exhibiez du matin au soir non ?

— À une époque…

— Elisha. Je suis très triste de savoir que tu vas nous quitter.

— Je sais Kevin… mais ma fille…

— Je sais, je sais. Tu as passé de nombreuses années sans ta mère, toute seule, perdue, pour finalement la retrouver dans des conditions qu'on ne pourrait même pas adapter au cinéma. Tu as un passé très compliqué, très lourd et… très triste. Si tu penses que préserver Catherine de toute cette merde est la chose à faire alors, putain, vas-y. Fais-le.

— Merci Kevin.

— Merci à toi, ma belle, tu sais, les murs de cet endroit vont vibrer drôlement moins fort quand tu les auras quittés.

— Je reviendrais de temps en temps, dit-elle souriante.

— Il y a intérêt.

En fin de compte, la déesse quitta le FBI pour la plus grande joie de Peter, son mari, numéro deux du clan Safioti. Peter n'a jamais compris pourquoi Elisha avait dépensé autant d'énergie à concilier sa vie de flic et celle de femme de mafioso. Elle aurait pu choisir un camp, pourquoi les deux ?

« C'était plus marrant comme ça, a-t-elle répondu à l'époque. Et la mafia, j'ai assez donné. »

— Qu'est-ce que je vais foutre moi maintenant ? demanda la déesse.

— Tu vas faire ce que font toutes les femmes de mafiosi, tu vas porter des robes hors de prix, des talons hauts, hurler sur les domestiques et… élever nos enfants. Répondit Peter.

— C'est justement pour échapper à ça que j'ai aimé bosser au FBI.

— Ha ! Ha ! Ha ! Ha ! Ah ! Bah oui, c'est la merde hein ? La vie de famille au foyer… je sais très bien que ce n'est pas ton truc. Tu es une femme d'action ! Mon bébé à moi, ma *Lara Croft* personnelle !

— C'est drôle, dans ta bouche, ça ressemble à un compliment.

— C'en est un mon cœur. Tu es Elisha Sainte-Rose, la bagarreuse. Mais tu as cinquante ans maintenant et… il est peut-être temps que tu te reposes.

— Que je m'ennuie, tu veux dire ?

— Bébé… je m'exprime mal. Que tu te reposes du FBI. Mais si tu veux vraiment continuer à bosser, j'ai le boulot de tes rêves pour toi.

— Tiens donc ?

— Putain, oui ! Tu te souviens forcement que tu as beaucoup travaillé comme gogo danseuse par le passé ? Figure-toi que l'un de nos clubs qui sert de couverture recherche…

— Houlà ! Attention Roméo ! Tu veux me foutre sur scène ? Déjà d'une, je n'ai plus tout à fait le corps que j'avais à l'époque et de deux je ne suis plus capable de faire toutes ces acrobaties.

— Mais non ! Je compte sur toi pour diriger le club. Et pour l'amour du ciel, donner des cours de danse à toutes ces gamines parce que d'après ce que j'ai compris, ce n'est pas top.

— Diriger un cabaret ? Moi ?

— Je pourrais comprendre que vu ton passé… cette idée te met mal à l'aise.

— Non au contraire ! C'est la suite logique ! C'est une excellente idée ! Et Peter ?

— Quoi ?

— Je t'aime !

— Moi aussi je t'aime mon amour !

— Maman ? demanda la petite Catherine qui surgit tout à coup. C'est quoi une gogo danseuse ?

22. Foutage de gueule.

Dans l'ascenseur qui le conduit jusqu'au septième étage de l'hôtel, Tyler prépare dans sa tête le baratin d'usage.

Il faut qu'on ait une petite discussion toi et moi !

« *Pas assez impressionnant* », se dit Tyler.

C'est l'heure de la mise au point !

« *Nul. Je ne suis pas son patron, bordel. Réfléchis Tyler…* »

C'est l'heure de botter des culs et de mâcher du chewing-gum… et je suis à court de chewing-gum !

« *Non, on n'est pas dans un jeu vidéo.* »

On a des choses à se dire enfoiré !

« *Ça, c'est bon.* »

Tyler se demande s'il doit calmement taper à la porte et remettre rapidement ses mains dans ses poches afin de soigner son entrée.

« Il ouvre la porte, j'ai les mains dans les poches et je lance : on a des choses à se dire enfoiré !

Ça me plaît bien. On peut sûrement faire encore mieux.

Je tape fort sur la porte et je balance ma réplique.

Sauf que lorsqu'il ouvrira la porte, je n'aurais plus rien à dire. On oublie ça.

Je tape à la porte avec une clope au bec. Il ouvre. Je rentre dans l'appartement, je fume, je regarde partout comme si je visitais un musée, il va probablement me parler ou me menacer, je ne lui réponds pas. Au bout d'environ trente secondes, je tire une grosse latte sur ma clope, je l'écrase sur un truc quelconque ou je la mets dans un pot de fleurs (dans l'hypothèse où il y en a un dans la pièce). Je souffle ma latte en essayant au maximum de la disperser dans la pièce, je mets mon dos bien droit, les mains dans les poches et, comme si j'étais sur le point de péter, je dis : On a des choses à se dire enfoiré !

Il y a un truc qui cloche…

Je rentre. Je fume. Je m'assois direct sur un fauteuil (il y en a un c'est sûr) et je balance ma réplique.

Bien joué, connard, comme ça s'il a un flingue, il me plombe sans que je puisse réagir ou m'enfuir.

Merde.

Putain, je défonce la porte ! Je rentre, je lui mets une grosse tarte dans sa tronche, j'allume une clope et je dis : alors enfoiré ? T'as un truc à me dire ?

C'est bon ! Je valide, marre de réfléchir. Je suis le fils du leader des poison no more merde ! Ce n'est pas un américain bouffeur de McDo qui va m'impressionner !

Viens donc faire un tour en Irlande, espèce de tapette ! »

Tyler est prêt, son genou le démange tant il s'imagine le moment où il fera sauter la porte de ses gonds d'un simple coup de pied.

— Je vais le marave ! Je vais le marave ! Putain, je vais vraiment le niquer ! dit-il à haute voix. Ça sent mauvais pour ta tronche, ducon !

Tyler est si énervé qu'il se met à fendre l'air de petits coups de poing comme le ferait un boxeur avant un match.

L'ascenseur s'arrête. Septième étage.

Tyler sort comme un boulet de canon du cube de métal les poings serrés et des chatouilles dans le genou droit.

« *Chambre 724, chambre 724… putain où elle est ? 720, 722, 724 ! Me voilà, espèce de sale…* »

La montre de Tyler sonne.

Emporté par son élan, Tyler essaie de freiner son poing qui s'apprête à heurter la porte de la chambre. Dans un grotesque moulinet semblable à un lancer de marteau olympique, Tyler détourne son poing de son objectif et… tombe lourdement sur la moquette.

Enroulé sur lui-même comme un pantin désarticulé, il répond sur sa montre Agnes.

Un policier apparaît.

— Monsieur Monaghan ?

— Hui ?

— Pardon de vous déranger, mais… vous avez pris la fuite.

« *Pardon ? C'est quoi ce bordel ? Pourquoi s'excuse-t-il ?* »

— Écoutez, dit Tyler. Je vous assure que je ne suis pour rien dans ce qui est arrivé dans mon appartement !

— Nous le savons, votre amie nous a déjà tout expliqué.

— Mon amie ?

— Mademoiselle Dunham nous a raconté qu'elle s'était elle-même recouverte de ketchup pour vous faire une blague. L'appel anonyme venait d'un certain Ethan Argento, vous le connaissez ?

— Ethan ? Ethan m'a fait une farce ? Britney est vivante ?

— Oui, votre amie va très bien elle boit un chocolat chaud en ce moment même. Je vous appelle pour vous rappeler que déranger la police sans raison valable est un crime très grave et puni par la loi. Si je vous appelle, c'est pour vous demander si vous désirez porter plainte.

— Porter plainte ? Non, je ne désire pas porter plainte contre Ethan Argento. C'est un très bon ami à moi et il a dépassé les bornes en vous impliquant dans un de ces canulars, mais je préfère m'expliquer avec lui, croyez-moi, ce sera suffisant.

— Nous avons d'ores et déjà téléphoné à votre ami pour lui donner un avertissement. Il a assuré qu'il ne recommencerait jamais ce genre de plaisanterie.

— C'est… c'est parfait monsieur l'agent. Pardon pour le dérangement et merci pour votre compréhension.

— Ce n'est pas la première fois que des gamins d'Oxford font les cons. On ne peut pas envoyer de futurs prix Nobel en prison sans leur laisser le bénéfice du doute. La prochaine fois, il n'y aura pas d'arrangement. Vous et votre ami serez arrêtés quand bien même vous serez la victime d'une mauvaise plaisanterie.

— C'est compris monsieur l'agent. Au revoir.

« Putain. Quel fumier ! Il m'a piégé pour m'attirer chez lui, ce con savait que j'allais débouler à la vitesse du son.

Non, c'est moi l'idiot. J'ai réagi exactement comme il l'avait prédit. »

Un couinement sort Tyler de ses réflexions. La porte de la chambre s'ouvre.

Ethan, en pyjama blanc à rayures deux pièces et une brosse à dents à la main, regarde Tyler gigoter sur la moquette comme un ver de terre.

— Qu'est-ce que tu fous par terre ?

23. L'EPREUVE.

Sur le parking, Steve demande au chauffeur de la limousine de s'arrêter, eux aussi ont rejoint l'hôtel d'Ethan. Catherine, un léger nœud au ventre, ne sait pas ce qui l'attend et n'ose même pas tenter de l'imaginer.

— Il va te demander de faire un choix, dit Steve. Et la réponse dépend entièrement de toi. Essaie d'imaginer… que tout ceci est un test. Un rite de passage… dont le but est de prouver que tu n'as plus besoin d'être protégée. Que tu fais partie de la famille et que tu peux en devenir un membre à part entière.

— Comme toi ?

— C'est compliqué. Je n'ai pas réussi à faire le choix que tu vas devoir faire. Et je vis le cul coincé entre deux chaises, comme notre mère avant moi. Maman a dit que nos âmes étaient victimes d'une malédiction… toi, petite sœur, tu es peut-être enfin celle qui va conjurer le sort. Sortir notre famille de la merde. Toutes les familles. Tu vas mettre un terme à tout ça.

— Princesse Missandra…

— Quoi ?

— Rien… une connerie.

Quelques minutes plus tard, Kate accompagnée de son frère rejoint à son tour l'appartement d'Ethan. Sur le palier, Steve explique qu'il n'ira plus loin. En cas de besoin, il se trouvera derrière la porte, prêt à intervenir. D'ici là, elle est seule.

Quand Ethan ouvre finalement la porte, Kate est surprise de constater que Tyler l'a précédée. Celui-ci debout devant les imposantes baies vitrées de ce qui ressemble à un petit salon, contemple la ville qui s'étend comme un océan de béton, de lacs et de forêts.

« *Une bien jolie vue* », pense-t-il.

Une autre jolie vue se présente à lui. Catherine, de nouveau vêtue comme une secrétaire qui se tient là, les yeux écarquillés derrière ses lunettes en tenant fermement la lanière de son sac à deux mains.

Un autre cadeau de Tyler.

— Nous voici enfin tous réunis ! s'exclame Ethan.

— Qu'est-ce qui se passe au juste ? demande Kate.

— Ethan voulait nous voir tous les deux, répond Tyler.

— Exactement, répond le jeune homme. Il est grand temps que l'on arrête de jouer au chat et à la souris. Ce jeu ne m'amuse plus et vous non plus, je pense.

— Ce jeu ? demande Kate.

— Eh oui, rétorque Ethan. Tout ça n'est qu'un putain de jeu. Une mauvaise blague orchestrée par nos parents. Et nous les joueurs, allons mettre fin à la partie.

— Si tu lui expliquais clairement ce qui se passe ? dit Tyler.

— J'y viens. Vois-tu Catherine, il y a quelque temps de ça, mon grand-père, Marco Gara, a salement déconné avec ta famille provoquant ainsi l'exil de la mienne au Mexique.

— Je vois, dit la jeune femme. Et mon oncle refuse de vous laisser rentrer.

— Tout juste. Mais ton père, lui, semble avoir compris que les Argento avaient assez payé pour les Gara.

— Si c'est vrai, alors il a convaincu mon oncle de vous laisser rentrer.

— Tu crois ? Sauf que nous n'avons plus jamais eu de nouvelles depuis un an et demi. Alors soit les négociations ont échoué, soit ton oncle attend quelque chose de notre part ?

— Je pense au contraire qu'il n'attend rien de vous. Je ne comprends encore qu'en partie la situation, mais je connais Michael Sainte-Rose et s'il ne se manifeste pas, c'est probablement pour vous laisser le temps de faire une grosse connerie, lui donnant ainsi une excuse pour maintenir votre exil.

— Mais putain, combien de temps encore ? On doit se tenir à carreau ? Mais combien de temps ? J'en ai marre d'attendre ! Et à défaut de faire une « grosse connerie », je peux au contraire faire quelque chose d'intelligent.

— Comme ?

— Comme t'épouser.

— Quoi ?

Catherine est à deux doigts de tomber à la renverse alors que les mots tombent sur elle tels des enclumes venues du ciel. « C'est donc ça la proposition ? Le rite de passage ? On me délègue à moi le destin de la famille Argento ? Il n'en est pas question, pense la jeune femme. J'ai moi aussi un destin, un projet, une vie. Je ne veux pas devenir un enjeu ou réparer les conneries que les autres ont faites. »

— Soit vous attendez sagement que mon oncle vous sonne, soit tu m'épouses pour réconcilier nos familles et permettre votre retour aux États-Unis.

— 20/20, dit Ethan.

— Je ne laisserais pas ça se produire ! dit Tyler.

— Toi, tu es en dehors de cette histoire, dit Ethan. C'est une querelle entre nos deux familles. Je ne t'ai fait venir que pour faciliter les choses et t'éviter d'apprendre, par téléphone, que ta chérie t'a larguée.

— Mais attends une seconde ! hurle Catherine. Je n'ai pas dit *oui*. Et puis d'ailleurs…

Le temps s'est arrêté. Les prochains mots prononcés par la belle Catherine Sainte-Rose scelleront à jamais les destins de leurs deux familles.

— Il… il n'est pas question que je t'épouse, dit Catherine.

— Hum ! sourit Ethan. Et peut-on savoir pourquoi ?

— Parce que je suis amoureuse de Tyler et qu'il… appartient à une dangereuse famille criminelle chez lui en Irlande. Si je t'épouse… la famille Monaghan deviendra le nouvel ennemi des Argento. Vous n'aurez réussi qu'à échanger un ennemi contre un autre.

Un silence de mort absolu s'est emparé de la pièce.

Tyler a laissé tomber sa clope qui pendouillait sur le bord de sa lèvre depuis tout ce temps.

Ethan semble avoir fait une sorte de mini AVC, son œil droit semble regarder complètement à droite et son œil gauche, complètement à gauche.

Kate jurerait voir les deux garçons changés en statue de cire en train de baver. Comme si le temps que mettait l'information à monter à leurs cerveaux mettait des millénaires à faire le trajet.

— T'as… t'as été la chercher loin, celle-là… bredouille Tyler.

— Pourquoi ? demande-t-elle. J'ai tort peut-être ?

— Nan… non ! dit soudainement Tyler avec fierté. Non, non, tu as tout à fait raison ! Une trahison pareille pousserait mon gang à traverser la mer et à aller foutre le feu chez vous, au pays des cow-boys !

— Kezgueuzékcétmerdee… ? balbutie Ethan.

— Tu dis vouloir m'épouser ? Eh bien, je te réponds que c'est une très mauvaise idée, comment réagira ton père quand il verra des Irlandais furax taper à sa porte ?

— Eh oui ! dit Tyler en montrant son trèfle à trois feuilles à Ethan qui semble à deux doigts de saigner du nez. Je fais partie d'un gang irlandais trèèès nerveux et… si tu me piques ma nana, ce sera la guerre.

— J'admets que je ne l'avais pas vu venir celle-là, dit-il en retrouvant sa dignité.

Dans le calme le plus absolu, Ethan sert trois larges verres de Whisky à ses invités. Après en avoir donné un à Tyler qui l'accepte volontiers, il en donne un à Catherine qui ne l'accepte qu'après que Tyler ait acquiescé d'un mouvement de tête.

— C'est mignon, dit Ethan. Il te dit même ce que tu as le droit de boire ou non.

— Je pense qu'elle mérite largement de trinquer dit Tyler. Trop d'émotions pour elle si tôt le matin.

— J'ai… j'ai vomi en voulant fumer une cigarette, bredouille-t-elle ce qui fait rire les deux garçons. Ne vous moquez pas ! Je suis sûre de pouvoir boire ça ! dit-elle en prenant une gorgée.

— Alors ? demande Ethan.

— C'est… c'est fort ! Mais… c'est bon.

— Je préfère le whisky irlandais, dit Tyler. Mais celui-ci aussi est bon.

Ethan s'assied dans l'imposant canapé qui décore le petit salon. Après une généreuse gorgée, il pose son verre sur la table basse.

— Je veux une compensation.

— Quoi ?

— Quoi ?

— Je ne me suis pas tapé tout le trajet jusqu'à Oxford pour rien ! Je t'aime depuis l'époque du collège, j'ai toujours rêvé de t'épouser et de faire de toi ma reine. Je t'aurais rendue heureuse sois en certaine. Mais si tu préfères finir ta vie en Irlande et déjeuner tous les matins à la bière, je ne peux pas te kidnapper de force.

— On en viendrait à se poser la question, dit Tyler.

— Très drôle. Mais fini de rire. Je veux une compensation. Ma famille se tiendra à carreau jusqu'à ce que ton connard d'oncle décide de nous faire signe, c'est promis. J'écrirais un très joli courrier à la police pour me dénoncer et faire innocenter Jesse Gallagher, juste avant de prendre la fuite chez moi, tu as ma parole. MAIS-JE-VEUX-UNE-COMPENSATION !

— Pas question qu'elle couche avec toi ! hurle Tyler qui s'avance avant d'être brusquement stoppé par Kate.

— Attends ! crie la jeune femme. Je… j'ai une idée…

— Bébé ?

— Laisse-la parler, dit Ethan.

Catherine, probablement détendue par le whisky qu'elle vient d'avaler, semble malgré tout trembler légèrement. De peur ou d'excitation ? Personne n'en sait rien.

— Vous… vous n'avez qu'à me prendre tous les deux, bredouille-t-elle.

— Quoi ? s'exclame Tyler. Mais non !

— Laisse-moi parler ! hurle-t-elle comme la digne fille de mafioso qu'elle est. Ça… ça permettra de mettre fin à tout ce bordel. Ethan, tu prétends être amoureux de moi, et c'est peut-être vrai, mais je suis convaincue que tu t'intéresses d'avantage à ma chatte qu'à mon cœur. Et Tyler est le garçon que j'aime, hors de question qu'il me regarde baiser avec toi. Alors vous allez me prendre tous les deux et à une seule condition, Tyler aura ma chatte, et toi… tu pourras prendre mon cul.

— C'est n'importe quoi ! hurle Tyler hors de lui.

— Pourquoi pas l'inverse ? demande Ethan.

— Parce que j'ai offert ma virginité à Tyler, il n'y a que lui qui peut me prendre par là. Toi je ne t'aime pas donc si tu passes par… l'autre trou, je n'aurais pas l'impression de tromper l'homme dont je suis amoureuse. Ce sont mes fesses ou rien ! dit la jeune femme comme si elle faisait tomber un verdict.

— Oh ! Alors c'était ça… murmure Tyler.

— On va te baiser et je rentre aux États-Unis. Je trouverais bien une autre américaine qui sera sensible à mon charme là-bas, dit Ethan souriant.

— Nom de dieu, dit la jeune femme en déboutonnant délicatement sa chemise, bouton après bouton. Rassure-moi, tu as des capotes au moins ?

— Désolé, mais non. J'avais prévu de baiser ma future femme alors…

— La bonne nouvelle, c'est qu'on ne tombe pas enceinte par-derrière, soupire Catherine.

24. Les sevices de l'univers : le film.

Nancy Newton, installée dans la *Fuck Machine* de Moshiro, semble passer un sale quart d'heure. Ou un bon. Dur à dire vu le niveau de jeu de l'actrice. Alors que Moshiro augmente progressivement le rythme effréné de la machine infernale via une petite télécommande, le monstre lubrique n'a pas vu la fille de Nancy, qui se faufile derrière lui.

Lisa Newton désormais âgée de 18 ans est inexplicablement devenue blonde aux yeux bleus entre deux films.

Lisa ! dit la voix off de Nancy. Je vois que tu es toujours possédée par l'esprit de dame Gwendoline dont la légendaire crinière blonde attirait tous les hommes !

Voilà l'explication.

— Mouahaha ! hurle Moshiro. Tu pensais que je ne te verrais pas arriver, subreci… supréb… su-brep-ti-ce-ment dans mon dos ??

— Je suis armée de la lance de Gwendoline, la seule relique sur terre capable de te détruire pour de bon et conçue à partir de métacarpiens… non, de Métacarpe… méta Carr… mé-ta-carre-tilage !

— Nooon !!!! Pas le métacarpe… machin-truc ! Mon unique point faible après la poussière de nufilabi… nu flafla, bordel Raymond ! Qui a écrit ces dialogues ? De Nufi-Nova-Filabile !

— Dommage ! Je suis à court de Nufi… je suis à court ! Mais la lance de dame Gwendoline, elle, je peux te la foutre au….

Écran noir.

— NOOOOOOOON !! hurlent les bandits solitaires. Qui a appuyé sur *pause* ?

— C'est moi, commissaire de police, Jason Gans, dit l'homme en agitant la télécommande. Messieurs, est-ce que je pourrais savoir ce qui se passe dans cette ville ?

— Louis ! Toi et ta manie de laisser la porte ouverte ! Crie Danny. N'importe qui peut entrer comme ça lui chante. Et que nous veut la police ? Ajoute-t-il en essayant tant bien que mal d'imiter une voix de gangster.

— Je suis là pour Jesse Gallagher, dit-il en sortant la capture d'écran de la poche intérieure de son imper. J'ai besoin de votre déposition pour boucler mon enquête ainsi que de la vidéo de surveillance que vous avez piratée.

— Tout ce que vous voulez, hurle Simon. Mais remettez le film en route !!

Dans l'appartement d'Ethan, un authentique plan à trois fait monter la température de l'hôtel tout entier.

Catherine, à genoux devant les deux hommes, s'applique avec appétit à dévorer le sexe de ses deux partenaires.

Sa jupe flottante noire pour tout vêtement, la jeune femme trahit son inexpérience.

— Difficile de croire qu'elle était vierge il y a encore trois jours, dit Ethan.

— C'est vrai… bredouille Tyler qui bande plus fort que jamais auparavant.

— Ça vous plaît de me voir comme ça ? demande-t-elle en astiquant énergiquement les deux matraques dégoulinantes de salive.

— C'est trop bon, bébé, s'il te plaît ne t'arrête pas !

Kate suce goulûment le sexe de Tyler prêt à exploser, le spectacle ravit Ethan qui frotte son pénis sur la joue de la jeune femme.

Ce membre dur et chaud sur son visage, la pousse à changer de partenaire et suce désormais Ethan sous l'œil maladif et jaloux de Tyler.

— Elle est bonne ! dit Ethan. Ta copine suce comme une vraie pro tu le sais ça ?

— Dommage qu'elle soit déjà prise, rétorque-t-il souriant.

— Arrêtez de vous chamailler, dit Kate un peu comme une maman qui s'adresse à ses enfants. Si vous continuez à vous disputer, j'arrête tout !

— Non ! hurle Ethan.

— Surtout pas ! hurle Tyler à son tour.

— Nom de dieu… qu'est-ce qu'elles sont grosses… vous n'arriverez jamais à me les rentrer en même temps… vous allez devoir passer chacun votre tour on dirait.

Catherine emmène Ethan jusqu'au canapé en le tenant littéralement par la queue.

— C'est pratique ! s'amuse-t-elle. On dirait une poignée !

— Je ne t'aurais jamais crue si coquine, dit Ethan.

— Chut ! dit-elle en poussant le jeune homme sur le canapé. Je vais continuer de te sucer pendant que Tyler va me prendre en levrette, dit-elle en faisant glisser sa jupe le long de ses magnifiques jambes.

— Comme ça ? Par terre ? s'étonne le garçon.

— Après je te sucerais et Ethan pourra prendre mon derrière.

— J'en bande d'avance, dit Ethan.

— O… OK, dit Tyler en enfonçant amoureusement son pénis humidifié dans le vagin de Catherine.

Un petit cri, presque comme un chant de sirène indique que la pénétration s'est faite en douceur. Et avec amour.

Tyler entame son élégant va-et-vient comme si chaque coup de reins disait : *je t'aime.*

— C'est trop mignon, dit Ethan. Il te fait l'amour ! vous ne savez pas baiser en Irlande ?

— Ta gueule le *chicano* !

— Quand je lui bourrerai le fion, tu l'entendras gueuler !

— Tu pourrais faire preuve de respect ? demande Catherine. Je ne suis pas une pute. Ce qu'on fait en ce moment, ce sont des négociations diplomatiques entre deux clans ennemis, et ce, dans le but de nous réconcilier, tu as déjà oublié ?

— Non…

— Alors, cesse de parler, dit-elle en caressant le ventre du garçon tandis qu'elle le gobe entièrement.

— Nom de dieu ! hurle Ethan. Toute… tout entière !

Tyler, malgré lui, excité par la scène qui se joue devant ses yeux, se met à aller plus fort, plus vite.

Plus brutalement.

Mais Catherine ne réagit pas, elle se contente de dévorer le sexe d'Ethan comme si elle cherchait à l'avaler pour de bon, à l'aspirer dans son estomac.

— Putain ! hurle Ethan, on croirait un aspirateur !!! Je vais exploser ! Je vais exploser !

— Si tu éjacules maintenant, hors de question pour toi de me prendre le cul, dit-elle sèchement.

— Quoi ? balbutie le garçon, les larmes aux yeux.

— Je dis… murmure-t-elle en se collant à son oreille, que si tu me craches à la tronche, je ne te laisserais pas me sodomiser, c'est clair ? Il est beau, mon cul, hein ? Tu le veux ?

— Oh mon dieu ! Catherine ! Ouiiii ! Je le veux !!

— Alors, retiens-toi de cracher, enfoiré, laisse Tyler me baiser encore un peu, dit-elle en branlant énergiquement le sexe d'Ethan.

— Mais j'ai mal ! hurle-t-il. Il faut que ça sorte !

— Alors, vas-y ! dit-elle. Éjacule ! Crache-moi au visage ! Recouvre-moi de ton sperme chaud et dis adieu à mon popotin.

— Je… je ne peux plus !!

— Bordel ! Tout ça pour ça ? Tout ce remue-ménage pour une performance pareille ? Tu as vraiment une grande gueule Ethan, dit-elle en lui écrasant les testicules.

Si excité qu'il est, le jeune homme ne se rend même pas compte qu'on lui écrabouille les bourses.

— Je ne pensais pas que ce serait si bon !

— Tu ne peux plus éjaculer, je te tiens les couilles, ton foutre va rester bloqué à l'intérieur de tes burnes jusqu'à ce que je décide de glisser ta bite dans mon cul.

— Putain bébé ! Ça m'excite de t'entendre parler comme ça !

— C'est vrai ? demande-t-elle, rougissante. Je ne pensais pas que je pouvais être comme ça…

— J'aime beaucoup. Mais bébé ? Je pense que tu devrais le laisser éjaculer.

— Tiens donc ? Tu éprouves de la compassion pour ce type ?

— Il a traversé l'océan pour toi. Il a bien mérité sa récompense.

— OK… OK, je ne veux pas qu'on dise que je suis la méchante de l'histoire. Tu as gagné Ethan ! dit-elle en relâchant son emprise. Mon cul est à toi, essaie… de ne pas me faire mal !

— Com… compris !

Échangeant leurs places, Tyler profite d'un repos bien mérité tandis qu'il prend place sur le canapé, les bras croisés derrière la tête. Ce qui agace légèrement Catherine qui a subitement l'impression d'être un objet. Mais le moment présent l'excite au plus haut point. Elle maîtrise la situation et ce contrôle lui plaît.

Elle a le pouvoir. Celui de réduire un homme à l'état d'enfant sans défense. Le plus grand de tous les pouvoirs du monde.

« *Princesse Missandra*, pense-t-elle. *C'est moi. Je suis la putain de princesse magicienne Missandra.* »

Sa joie est de courte durée quand le gourdin d'Ethan pointe le bout de sa tête. La pénétration est douloureuse. Bien plus que sa première fois avec Tyler.

Ça n'est pas du tout agréable, ça fait mal. Le feu.

Catherine voit des flammes dans sa tête. Un brasier ardent. Ça n'a rien de sexuel, pense-t-elle. « Ça ne me plaît pas. Mais j'ai ouvert ma gueule. Et si je montre de la faiblesse à cet enfoiré, il s'en emparera. »

Tyler qui voit la détresse de Catherine, lui attrape soudainement la main et la caresse tendrement, ce qui aide la belle à rouvrir les yeux.

Devant elle, une vision angélique. Tyler, son amoureux, l'homme qu'elle aime. Celui qui l'a dragué pendant plus d'un an ne serait-ce que pour aller manger un hamburger.

Tyler sourit. Et Catherine comprend aussitôt ce sourire.

Ethan n'est pas aussi fort qu'il le pense. Et toi, ma belle, tu t'es comporté en chef. En leader. Tu n'es plus une enfant, tu es la dernière descendante du clan Safioti.

Un clan mafieux créé en 1922 par Fabian Safioti, un commerçant également contrebandier qui décida avec sa femme Clara de fuir l'Italie craignant une éventuelle future deuxième guerre mondiale afin de s'installer aux États-Unis avec son majordome et ami, un français du nom de Charles Sainte-Rose ainsi que sa femme, Isabelle.

S'en suivirent de nombreuses années de magouilles en tous genres, de commerces illégaux jusqu'à complètement entrer dans l'illégalité et revendiquer le nom pourtant déjà très prisé par d'autres plus puissants de Don, un mot dérivé du latin Dominus qui signifie « seigneur » pas dans le sens religieux du mot. Un simple mot signifiant littéralement *chef.*

Cent vingt-cinq ans plus tard, ce sont Michael et Andrea Sainte-Rose qui reprennent les reines du clan Safioti.

Catherine leur nièce, a prouvé aujourd'hui qu'elle avait ce qu'il faut en elle, pour être la future marraine du clan.

Catherine sourit, le feu a disparu.

Son derrière semble mou comme de la gélatine. Ethan entre et sort sans difficulté, l'absence de réaction de la jeune femme finit par l'énerver.

— Pourquoi elle ne gueule pas cette salope ?

— Hé ! s'exclame-t-elle alors que les secousses du va-et-vient d'Ethan la remuent dans tous les sens. Je t'ai dit quoi ? Un peu de respect !

— Mais c'est dingue ! Tu devrais souffrir le martyre !

— Je suis la fille d'Elisha Sainte-Rose… je n'ai peur de rien ni de personne.

Ethan accélère le rythme jusqu'à suer à grosses gouttes, le magnifique derrière de Catherine, fait rebondir le jeune homme en arrière comme un airbag. Tyler embrasse Catherine sur la bouche et murmure quelque chose à son oreille.

— D'accord, répond-elle.

Tyler se laisse glisser du canapé pour arriver sous sa belle amoureuse. Celle-ci sans même se consulter se cambre pour accueillir le sexe de Tyler dans son vagin.

— Qu'est-ce que vous foutez, les tarés ? s'étonne Ethan.

Un nouveau cri de sirène.

Tyler est entré en elle. Son divin corps accueille les membres de ses deux partenaires. Telle une déesse grecque, elle met les mortels au défi.

« *Faites-moi du bien, si vous en êtes capables.* »

En réalité, Catherine ne sent même plus la présence d'Ethan.

Les deux amoureux fous font tendrement l'amour. Des baisers pleins de passions accompagnent des caresses pleines de tendresse.

Sa poitrine durcie par l'excitation, Kate a tout à coup le sentiment qu'elle ne va plus pouvoir continuer très longtemps.

— Je jouis !!! hurle soudain Ethan qui remplit le cul de Catherine de sa semence bouillante.

— Je viens ! crie Tyler alors que Catherine lui tient fermement les cheveux en arrière.

— Vas-y, mon amour ! Viens ! Vas-y ! Vieeeens ! hurle-t-elle alors qu'une explosion de chaleur réchauffe littéralement le bas de son ventre.

Son entrejambe n'est subitement plus le temple de l'amour. L'instant est passé. Son cul dégoulinant du sperme d'Ethan et son vagin, inondé de la semence de Tyler, n'envoient qu'un message simple à la déesse.

J'ai accompli ma mission. Je t'aime Tyler.

*

Appartement de Danny. St Clement Street.

Jason Gans a des fourmis dans le poignet à force d'écrire.

À une époque où les Agnes font office de dictaphone, Jason est le dernier des Mohicans. Celui qui s'acharne à utiliser du papier et un stylo.

En relisant ses notes, il rit.

— Ça fera en effet un bel article, dit-il.

À l'écran, Nancy Newton entièrement nue et recouverte de la tête aux pieds de gel transparent, tiens dans ses bras sa fille qui a transpercé le monstre de sa lance.

— Il ne nous emmerdera plus celui-là, dit Lisa.

— Oh, mais Lisa… qu'arrive-t-il à tes cheveux ?

Un effet spécial franchement raté et gênant à regarder fait apparaître une perruque sur la tête de l'actrice.

— Tu es redevenue brune, ma chérie !

— Oui, maman, toi et moi sommes identiques désormais !

— Telle mère, telle fille !

Les deux femmes se tapent dans la main comme des copines ou des sœurs en riant devant un coucher de soleil sur une montagne enneigée par du polystyrène.

— COUPEZ ! entend-on juste avant l'écran noir final.

Et tandis que le générique défile, Jason ne sait pas comment dire aux trois garçons sans les vexer que…

— Ce n'était pas un peu bizarre, votre film, là ?

— C'est du génie… c'était incroyable, bredouille Simon. Les gars… j'ai presque envie de tout regarder depuis le début ! On remet le premier ?

25. Reve ou realite.

Dans les toilettes – salle de bain de l'appartement d'Ethan, Catherine observe le sang sur le papier toilette.

« *Il m'a défoncé le cul, ce con* », grogne-t-elle dans sa tête.

La déesse s'essuie autant que faire se peut puis décide de profiter de la luxueuse douche italienne. Une pensée étrange l'assaille tout à coup.

« Maman. Elle faisait vraiment ce genre de trucs du matin au soir ?

Aimait-elle ça ou le faisait-elle contre son gré ? »

En y réfléchissant, Catherine ne s'est pas reconnue elle-même durant cette séance de plan à trois.

Un plan à trois…

« *Moi ? Kate la vierge, la timide, l'inexpérimentée, je me suis fait prendre par deux garçons en même temps et je les ai dominés.* »

La jeune femme en vient à se demander s'il n'existe pas réellement, un *gène de la pute* ou simplement de la chaudasse en général. Est-ce héréditaire ?

« Ma mère avait si peur de ce qu'elle était capable de faire, qu'elle a voulu me maintenir éloignée de tout ce qui a rapport quelconque avec son passé. Elle m'a menti. À moi, sa fille. Si elle avait eu le courage de tout me raconter, comment sait-elle que j'aurais été incapable de l'entendre ? »

« Au fait chérie, bien avant ta naissance, j'ai été une pute de la mafia sous hypnose. J'ai sucé des bites par brouettes entières et j'ai offert mon cul à toutes les créatures de la ville capables de cligner des yeux… mais rassure-moi, ça ne te choque pas ? »

« Quelle conne. Je suis hypocrite. Évidemment que ça m'aurait choquée. »

Kate, les yeux fermés, sourit en entendant le son relaxant des gouttes d'eau chaude qui déferlent sur elle, réchauffant ainsi son corps gelé. Cela lui évoque le bruit assourdissant d'une cascade dans un décor de jungle paradisiaque. Des feuilles bien vertes autour de rochers bien gris.

Un monde parfait.

Le paradis.

Eve.

Il manque Adam.

Elle l'aperçoit soudain. Tyler. Nu comme un ver qui la rejoint sous la cascade en se collant à son dos. Ses puissantes mains chaudes ceinturent sa poitrine tandis que son sexe mou se range délicatement entre ses fesses.

Il est collé à elle et il est fort. Si chaud… et si rassurant.

Catherine aimerait se frotter contre lui. Contre son membre. Et le branler juste avec son joli cul.

Avec surprise, et une joie immense, elle se rend compte que les sensations accompagnent son rêve.

Elle la sent. La bite bien dure de Tyler entre ses deux jolies pommes. Des fruits qu'on voudrait croquer à pleines dents.

Ou simplement caresser du bout des doigts avec douceur.

La cascade hurle de plus belle alors que d'épaisses mains agrippent sa généreuse poitrine.

Et le sexe de Tyler. Seigneur elle le sent ! Comme s'il était réellement là sous la douche avec elle ! Alors sans plus de cérémonie elle se frotte contre lui. Contre ce membre dur comme de la pierre.

J'ai l'impression de branler un caillou, pense-t-elle. Ou une épée.

C'est bon de sentir ce truc glisser entre mes fesses et heurter le bas de mon dos.

Kate n'en peut plus, elle se cambre en avant et s'empale sans réfléchir sur le sexe durci de Tyler.

Ce rêve est incroyablement réaliste.

Va-et-vient. Va-et-vient. Va-et-vient.

Ça ressemble à une magnifique chanson.

De gros doigts d'hommes entrent dans sa bouche, qu'elle se met instinctivement à sucer comme une bite.

Elle fait une fellation à ces épais doigts masculins. Alors qu'on lui laboure littéralement l'entrejambe à grand renfort de coups de reins tous aussi puissants à chaque nouveau passage.

Le ventre de la belle brûle de plaisir. Avec l'eau de la douche qui humidifie tout son corps, Kate a l'impression qu'elle peut se faire baiser comme ça par Tyler pendant des heures sans avoir mal.

Son cul.

Tout à coup, elle y pense. Saigne-t-il encore ? Cela passera-t-il mieux avec l'eau de la cascade ?

Des petits doigts se glissent entre le bassin de Tyler et la chatte de Kate qui se saisit du pénis avec force pour le faire changer de trou.

Derrière.

Le pénis de Tyler est désormais dans son deuxième trou. Kate s'empale avec énergie sur le sexe de Tyler. Sans douleur. Uniquement avec plaisir. Ce qui a été un épouvantable supplice avec Ethan devient étonnamment agréable avec Tyler.

Elle se fait sodomiser par son amoureux et c'est le pied.

Kate se balance de plus en plus fort en arrière comme si elle voulait faire tomber son partenaire.

Qu'est-ce que j'en ai à foutre ? Ce n'est qu'un rêve !

Comment augmenter le plaisir ? Que faire de plus ?

La jeune femme se dit qu'elle peut caresser son minou pendant que Tyler lui remplit l'anus.

C'est au bord de la jouissance que Kate se surprend à entrouvrir légèrement les yeux.

C'est là qu'elle l'aperçoit. La main gauche de Tyler sur sa poitrine

Il est vraiment avec moi sous la douche !

Tournant sa tête, elle aperçoit le crâne nouvellement rasé de son amoureux qui la regarde en souriant.

Alors qu'elle s'apprête à l'engueuler, Tyler a un réflexe inhabituel. Il lui couvre la bouche de sa main droite et la ramène vers lui afin de coller son visage au sien.

— Tais-toi, dit-il presque couvert par le bruit de la douche. Tu as bien mené le jeu tout à l'heure, maintenant c'est à mon tour.

Installée de cette manière, Catherine ne peut plus bouger. Elle ne peut que subir les assauts olympiques de Tyler qui semble décidé à faire d'elle sa chose.

Tenant fermement sa bouche, il l'empêche de remuer la tête et le haut de son corps. En tenant sa poitrine, il colle leurs deux corps l'un contre l'autre. Ses assauts maîtrisés semblent sur le point d'envoyer la déesse sur la lune. Il y est arrivé. Le mortel va faire jouir une déesse.

— Tes trois trous sont à moi désormais !

Libérant la bouche de Kate, celle-ci réussit entre deux orgasmes à articuler quelques mots.

— Je veux… te finir… avec ma bouche…

— Très bien mon amour.

Catherine s'exécute. À genoux devant lui, elle suce avec passion le sommet du sexe de Tyler qui ne peut plus prononcer un mot. La déesse a repris le contrôle.

Une explosion blanche inonde le visage de Kate alors que la bouche ouverte, elle fixe droit dans les yeux son chéri de ses grands yeux verts. Les émeraudes de Catherine.

La douche débarrasse instantanément la jeune femme de la gelée masculine qui disparaît dans le siphon aussi vite qu'elle est venue.

Face à face, les amoureux s'embrassent passionnément dans les bras l'un de l'autre. Leurs corps nus en contact, redonne instantanément une érection à Tyler.

— On ne va pas faire ça toute la journée tout de même ? demande-t-elle, souriante.

— Qui sait ? répond le garçon.

26. CHAUD ET FROID.

En sortant de la salle de bain, les amoureux croisent Ethan parfaitement endimanché et prêt à sortir. Celui-ci en observant attentivement le jeune couple, se rend compte à quel point en effet, ils vont bien ensemble.

— La douche était bonne ?

C'est avec les joues rougies que Catherine répond à Ethan que oui, cette douche… elle a fait du bien.

— Tu m'étonnes… murmure le garçon en enfilant un magnifique manteau noir doublé en peau de mouton.

— La vache ! ça au moins c'est un manteau, dit Tyler.

— Il peut. Ce manteau coûte 2000 dollars. Au fait, puisqu'on parle d'argent, cette chambre est payée jusqu'à la fin du mois, vous pouvez la squatter si ça vous amuse.

— Une chambre pareille ? dit Kate. Rien que pour nous deux ?

— C'est le moins que je puisse faire pour réparer un tant soit peu mes conneries, dit-il en jetant une épaisse enveloppe marron sur la table basse en verre devant lui. Là-dedans se trouvent toutes les preuves pour faire sortir Jesse de prison. Des photos, ma propre lettre d'aveux et les identités des quatre types envoyés par mon père pour placer la drogue dans la chambre de Gallagher. Tu pourras même faire ton article ! Si tu ne deviens pas journaliste avec tout ça, je n'y comprends rien.

— Je ne te dis pas merci, dit Kate.

— Je comprends. Et je n'attends rien. J'ai joué et j'ai perdu. C'est l'essence même, du business. Toi et moi avons ça dans le sang Kate, et si ce n'est pas en Amérique… ce sera ailleurs. En tout cas, je suis impressionné par la manière dont tu as… mené les négociations.

— Au revoir. Ethan.

Après un long silence, Ethan à la fois triste et souriant, répond à son tour.

— Au revoir Catherine.

Dans le couloir, entre la chambre et l'ascenseur, Steve se tient là, adossé contre un mur, une jambe pliée et les bras croisés.

— Tu es vraiment resté ici pendant une heure ? demande Ethan.

— Ordre de mes parents. Je ne devais pas gêner les négociations.

— Steve tu… tu as la moindre idée de ce qui s'est passé dans cette chambre ?

— Je ne veux pas le savoir. Ma mission était de t'amener Kate puis de te conduire moi-même à l'aéroport pour être sûr que tu rentres au bercail.

— Qu'est-ce qui va m'arriver maintenant ?

— Ça dépend, que t'a-t-elle dit ?

— Elle pense que votre oncle attend le moment propice pour lever notre exil, et qu'on doit faire profil bas jusque-là.

— Elle a deviné tout ça toute seule ?

— Vous la prenez tous pour une petite fleur fragile et innocente, mais moi, je sais depuis qu'on est gosses ce qu'elle est en réalité. J'ai vu de mes yeux le démon qui se cache en elle. Et crois-moi, sous le vernis se cache une créature qui n'a peur de rien.

— Je vois. En tout cas, elle a dit vrai. Mes parents ont tout arrangé. Mon oncle ignore que tu as déconné par conséquent, pas de représailles de la part de mon clan. Tu diras à ton père que tu as quitté Oxford parce que tu n'as pas réussi à récupérer Kate et que tu as fait tout ça pour rien. En tant qu'agent du FBI, je dirais que je t'ai arrêté moi-même et fait escorter jusqu'au pays. Ce qui convaincra la police anglaise de boucler l'enquête.

— Tout est bien qui finit bien alors ?

Le sol semble soudain avoir disparu. Maintenu au-dessus du sol, le jeune homme de vingt ans écarquille des yeux pleins de surprise et d'incompréhension. Il se dit aussi que les puissantes mains de Steve vont déformer son magnifique manteau à 2000 dollars.

— Écoute-moi bien, enfoiré ! Dans d'autres circonstances, je t'aurais arraché la tête. Mais je suis membre d'une famille plutôt coulante et surtout agent du FBI. On m'a fait prêter serment d'envoyer les méchants en taule, tu m'entends ?

— Et alors ? Je suis un méchant moi ?

— T'es un jeune trou du cul ! Le petit-fils d'un gars qu'en revanche mes parents considéraient comme un méchant. Réfléchis à ça ! Rien n'est fini ! Rien n'est réglé ! Et je vais t'avoir à l'œil.

Pour finir, Steve manque de transpercer le corps d'Ethan en lui assénant un violent coup de poing en plein ventre, ce qui fait tomber le garçon à terre, le souffle coupé.

— Et tu t'en es pris à ma sœur espèce de tas de merde ! maintenant, relève-toi ! Il y a un avion qui t'attend. On doit encore récupérer tes quatre compagnons.

En bas de l'immeuble, les deux hommes font une rencontre inattendue.

Britney Dunham.

La jolie métisse à la peau couleur caramel porte une épaisse robe jaune, enveloppée dans un très épais manteau d'hiver de couleur beige accompagné d'un bonnet et d'une écharpe de laine blanche.

Ses surprenantes bottes montantes vertes et rembourrées vont bien avec l'ensemble.

— Tu dois avoir chaud aux pieds avec des bottes pareilles, s'exclame Ethan.

— Oui, mais je… je pense que je ne vais plus en avoir besoin, répond-elle.

— Pourquoi ça ? demande le garçon.

— Je… je veux partir avec toi ! Aux États-Unis !

— Quoi ? s'exclame Ethan.

— Quoi ? s'exclame Stephen.

— Quoi ? s'exclame la concierge qui passe le balai à quelques mètres.

— Mais pourquoi ? demande Ethan.

— Je ne veux plus finir mes études ici. Et puis… tu as dit que tu voulais faire de Catherine ta reine. Qu'elle n'aurait plus jamais besoin de rien.

— Oui et ?

— Alors, je sais que je ne suis pas Catherine, mais… tu as fait tout ce chemin jusqu'ici pour te trouver une princesse alors… me voilà ! je suis là !

Ethan contre toute attente se met à pleurer sous l'œil surpris et gêné de Steve qui n'ose plus émettre un son. Madame Atkins, la dame de ménage a complètement arrêté de balayer.

— Mon dieu… Brit. Après la manière dont je t'ai traité ? Ce que j'ai fait à Jesse Gallagher ? Et je t'ai forcée à jouer les cadavres ! Malgré tout ça… tu veux m'accompagner jusque chez moi ?

— Dis oui ! murmure miss Atkins.

— Ethan, je pense que toi et moi… on est sur la même longueur d'onde. On peut s'apporter beaucoup l'un à l'autre. Je me fiche de Jesse, il m'a prouvé depuis longtemps qu'il n'était pas un type bien et qu'il aimait se servir des gens dans son seul intérêt. Toi, quoi qu'on en dise, tu as toujours été honnête avec moi, je sais qui tu es. Et puis… c'était plutôt fun de faire semblant d'être morte ! dit-elle, souriante.

— Britney Dunham, dit Ethan. Si tu es vraiment partante, alors oui je veux bien que tu m'accompagnes. Si ma *nounou* n'y voit aucune objection ?

— J'ai ordre de te ramener sur le continent, peu importe ce que tu trimballes dans tes valises ! dit Steve. Il y a juste un détail que la jeune demoiselle devrait connaître, Ethan ne vit pas aux États-Unis, mais au Mexique. Dans peu de temps, ils seront autorisés à bouger, mais pas pour le moment.

— J'ai dit que… je ne voulais plus porter ces bottes d'hiver, dit Brit. En fait, je crois que je ne veux plus jamais ressentir le froid.

— Alors c'est réglé ? demande Ethan.

— C'est réglé, répond Steve. Alors en route ! J'aurais tout vu.

— Bon voyage les tourtereaux ! dit Miss Atkins.

*

Sept étages plus haut, Kate et Tyler observent la surprenante scène depuis le balcon de l'hôtel. Incapable de commenter ce qu'ils viennent de voir, ils ont simplement la certitude au fond d'eux que leur histoire aussi est improbable. Ce qui finalement les rassure. L'amour ne peut pas être réglé à l'avance. Ou arrangé par d'autres personnes que nous même. Il est vrai. Spontané. Et en fin de compte, plus il a l'air bizarre, plus il est authentique.

27. LA VILLE LUMIERE.

Juillet 2047.

Les vacances d'été, l'occasion de voyager, bouger, étendre ses connaissances. Ou tout simplement ne rien faire. Chacun sa vision du temps libre. Sur les berges de seine au quai d'Orsay, le couple allongé sur des transats profite de l'ambiance générale.

Il fait beau. Les gens sont de bonne humeur. Tyler mourrait d'envie depuis quelque temps d'emmener sa chérie dans un restaurant digne de ce nom. Et si possible, dans la ville des amoureux.

— J'aime bien manger au Glut, dit la belle en léchant son cornet de glace à la vanille. Ce n'était pas la peine de venir jusqu'à Paris.

— Ton père est d'origine française non ? Je pensais que ce retour aux sources te ferait plaisir.

— …

— Quoi ?

— Je suis américaine. Je suis née à Miami. J'avoue ne m'être jamais intéressé à mes racines.

— Ce n'est pas comme si ta famille avait tout fait pour t'en dissuader.

— Pas faux. Tu as peut-être raison. Ça fait du bien d'être là. Peut-être que pour aller de l'avant, il faut d'abord savoir d'où on vient.

— J'ai réservé une table à la tour d'Argent pour 20 heures.

— OH ! ARRÊTE TES CONNERIES !!

— Non, c'est pour rire. Je n'ai pas les moyens, mais j'ai trouvé une petite brasserie 20 000 fois moins chère et dans laquelle, paraît-il, on mange aussi bien.

— Aussi bien qu'à la tour d'argent ?

—… une frite, c'est une frite ! Peu importe qui la prépare.

— Pourquoi j'ai soudainement envie de baiser ?

— Parce que tu veux manger la mienne de frite !

— C'est une très grosse frite si je me souviens bien.

Chez Fabrice, ouvert de 18 h 00 à 23 h 00, est une petite brasserie qui offre une vue directe sur… rien. D'après la légende, Fabrice voulait comme tous les restaurateurs offrir à ses clients, une vue sur la tour Eiffel, mais n'a pas réussi à obtenir l'emplacement de ses rêves.

À la place, il a dû se résoudre à s'installer en face d'un brocanteur et d'un kebab.

La rue est charmante, vivante et chaleureuse. Catherine et Tyler passent un excellent moment en dégustant une coupe de champagne.

— J'ai horreur de ça, dit-il.

— Quoi donc ?

— Boire du champagne en apéritif. Je préfère le whisky. Pour moi, le champagne sert à accompagner le dessert.

— Intéressant. J'ai entendu parler d'une femme cougar qui aimait faire l'amour dans des bains au champagne alors…

— C'est vrai ? Quelle femme ?

— Ma mère…

— Oh ! Je vois. Ton père ne doit pas s'ennuyer avec ta mère.

— Et toi ? Est-ce que tu t'ennuies avec moi ?

— Tu plaisantes ou quoi ? Les cinq derniers mois ont été les plus intenses de ma vie. Je ne suis même plus capable d'imaginer ma vie sans toi et… pour être complètement sincère, je ne me souviens même pas de ma vie avant toi.

— Oh ! C'est trop adorable ce que tu dis ! Tu es merveilleux Tyler ! Je t'aime !

— Moi aussi je t'aime.

— Tu te souviens de cette conversation que l'on a eue il y a quelques mois, quand je t'ai dit que j'aurais un choix à faire l'année prochaine.

— Oui. Rester en Angleterre ou rentrer aux États-Unis, et bien ?

— Je ne sais plus.

— Quoi ? Déjà ? Au bout de cinq mois.

— Ç'a été cinq longs mois durant lesquels j'ai eu le temps de cogiter et je me suis dit qu'il fallait couper la poire en deux.

— Éclaire-moi.

— Je suis américaine et tu es irlandais.

— Et ?

— Justement. *Et ?*

— Tu veux savoir si je veux te proposer de vivre en Irlande ?

— C'est ça. Car toi, je suppose que tu ne te vois pas en Amérique.

— Pas plus que toi, en Irlande.

— C'est là que j'ai pensé à Britney et Ethan. Elle l'a suivi au Mexique, le troisième pays, tu comprends ?

— Un peu… elle est anglaise, lui américain et pour finir ils sont au Mexique. Ni chez lui ni chez elle.

— C'est tout à fait ça ! Peut-être que l'Angleterre, c'est notre Mexique à nous !

— L'Angleterre ? Ça te plaît ? Tu voudrais y vivre toute ta vie ? Pourquoi pas carrément la France alors ?

— La vérité, c'est que j'ai peur de rentrer aux États-Unis. Depuis l'histoire avec Ethan, je suis persuadée qu'ils m'attendent tous de pied ferme pour me couronner et reprendre le flambeau du clan Safioti.

— Tu leur as prouvé que tu en avais l'étoffe.

— Non. J'ai seulement prouvé que j'étais un aussi bon coup que ma mère quand elle avait mon âge.

— Je manque de recul, chérie.

— Je suis dans la merde. Je suis venue jusqu'ici pour vivre mon rêve qui s'est avéré par coïncidence être le même que celui de ma mère à la différence qu'elle n'a pas réussi à le réaliser. Maintenant, je suis prise par le doute, j'en viens à me demander si tout ce que je fais n'était pas réglé à l'avance par mes gènes.

— Alors quoi ? Il y a un gène de la *pute* et un gène de *l'étudiante anglaise* ?

— Je n'en sais rien, Tyler. Je n'en sais sincèrement plus rien du tout.

— Je ne suis pas généticien, mais je suis presque certain que de tels gènes n'existent pas.

— Je pense en effet que ça se saurait.

Plus tard dans la soirée, les amoureux marchent tranquillement et baignent littéralement dans la Ville lumière, l'éclairage, la foule, les sons, les voix, toute cette vie débordante ne semble plus former qu'un seul bloc. Une unité.

Le moment parfait dans un monde parfait.

Catherine réussit à convaincre Tyler de finir leur nuit à Paris en beauté et d'aller dans un club libertin.

D'abord très réticent, celui-ci finit par accepter quand Kate promit au jeune homme qu'ils ne seraient jamais très éloignés l'un de l'autre.

Le salon. Un établissement huppé très discret et très select.

Les tenues vestimentaires de nos amoureux conviennent parfaitement au gérant de l'établissement qui aime accueillir ses clients en personne.

Jean-Michel Lezeau.

Homosexuel et marié à l'homme de sa vie, *J.M* ne participe pas aux ébats de ses invités en revanche ce qu'il aime, c'est mater.

— Elle est très belle, dit-il en déshabillant Catherine du regard parfaitement moulé dans sa ravissante mini robe bleu foncé qui laisse apparaître toutes ses formes. Si elle entre là-dedans, dit-il en fixant Tyler, je ne peux pas garantir qu'elle pourra marcher demain.

— Vous parlez drôlement bien anglais, dit Tyler.

— Dans ma branche, et dans cette ville, il faut connaître quelques mots d'un petit peu toutes les langues.

— Vous parlez javanais ?

— Non. Quand même pas.

— Qu'est-ce qu'on fait ? On entre ? s'impatiente Kate.

— Elle a l'air d'en vouloir, dit J.M. Entrez donc, c'est 50 euros l'entrée avec une consommation.

— Whisky !

— Champagne !

Une petite heure plus tard, dans ce qui ressemble mot pour mot à un salon très classe et stylisé, la lumière tamisée à la limite de l'obscurité, ne réussit pas à masquer l'élégance des personnes présentes.

Le salon n'est pas un grand établissement et doit pouvoir accueillir trente personnes au grand maximum.

La soirée commence curieusement comme n'importe quel repas d'affaires. Les clients, confortablement installés dans des banquettes plus molles que des nuages, boivent, discutent, échangent.

— Je dis que sa politique profite essentiellement aux patrons, voilà c'est tout !

— Aaaah ! Voilà je l'attendais, celle-là ! Tout de même, la fille a été élue ! Elle ne s'est pas autoproclamée présidente de la République, on a voté pour elle !

— Ce qui vous dérange vraiment, dit une femme. C'est d'avoir une présidente et non un président. On n'est pas si mal lotis avec elle, vous auriez peut-être préféré... *l'autre candidate* ? dit-elle à voix basse.

Silence absolu.

— Bon bref ! On ne va pas parler politique toute la nuit, dit un homme en tapant sur la table comme on frappe à une porte. Chérie ? Tu sors de là ? Il est temps de se *dégourdir*.

Une belle femme blonde d'approximativement cinquante ans sort de dessous la table, sans être flic, on devine à sa façon de réajuster son rouge à lèvres avec son doigt qu'elle pratiquait une fellation à son mari.

En regardant autour d'elle, elle aperçoit Tyler, un jeune garçon qu'elle devine instantanément plus jeune de la moitié de son âge.

— Enchantée, dit-elle. Je m'appelle Françoise.

— Tyler, répond-il en cachant sa nervosité.

— Ne soyez pas si tendu, chéri, je pense que nous devrions aller discuter un petit peu là-bas, sur cette banquette juste ici, vous la voyez ?

— Je… je la vois…

— Si votre amie n'y voit aucun inconvénient, dit-elle en fixant Kate.

— Pas du tout, répond la jeune femme.

Catherine qui, contrairement à Tyler, n'est pas le moins du monde intimidée décide d'ouvrir les hostilités un peu plus brutalement.

Elle relève délicatement sa mini robe jusqu'à ses épaules et réussit sans effort à l'enlever un peu comme on enlève un pull.

Laissant apparaître la déesse au sommet de sa gloire divine.

Son corps parfait est recouvert d'un discret corset en dentelle noir sans soutien-gorge, les portes-jarretelles sont fixées à de ravissants bas de la même couleur.

C'était une surprise pour Tyler.

Le garçon ignorait qu'elle portait ça. En la voyant, il ne peut plus détourner les yeux. Françoise, assise à côté de lui, a déjà engouffré l'épais sexe du garçon au fond de sa bouche, elle aussi regarde Catherine. Mais la beauté de la jeune femme ne déconcentre pas un instant la femme d'expérience.

Le cœur de Tyler semble prêt à exploser tant son rythme cardiaque accélère. Françoise est une vraie pro et la vue de Catherine, les bras écartés comme pour inviter l'ensemble des clients à s'approcher d'elle, excite le garçon au plus haut point.

Devant le bar, Kate attend en affichant un sourire rempli d'innocence. Ils ne le savent pas, mais ils sont déjà tous amoureux d'elle. Et ils l'aimeront pour le restant de leur vie.

28. Une pour tous, tous pour une.

Jean-Michel a beau aimer les hommes, le spectacle qui se joue devant lui fait durcir son entrejambe comme rarement.

Un petit lutin aux longs cheveux bruns est littéralement recouvert d'hommes.

De tous âges, de toutes les nationalités et de toutes les couleurs.

Une salade de fruits humaine. Avec une seule petite cerise dans le saladier, entourée de grosses bananes bien mûres et bien dures.

Plus quelques moules.

« *C'est un banquet humain !* », pense Jean-Mi.

Lui qui ne bande que pour un joli cul de mec, se surprend à être excité par la vision de Catherine entièrement nue comme un bébé tout rose qui se donne sans concession à ses partenaires occasionnels.

Deux hommes lui lèchent goulûment les tétons pendant qu'un autre lui fourre ses doigts dans le petit trou. Un autre encore, à genoux lui dévore le minou avec appétit sans oublier de titiller son clitoris.

Jean-Mi peut en témoigner, cet homme-là se régale.

Kate, les yeux grands ouverts, n'en rate pas une miette.

Ses joues gorgées de sang affichent sans aucun doute son excitation.

Son corps ne lui appartient plus et toutes ses joues d'hommes qui se frottent sur elle, même si elles sont rasées, lui griffent la peau.

Deux autres hommes lui tiennent les bras et les lèchent, ce qui fait frissonner la demoiselle.

Deux autres hommes encore embrassent ses jambes, comme des esclaves aux pieds de leur maîtresse.

Mais Kate le sent. Elle ne contrôle plus rien du tout. Et ce sentiment d'abandon total lui fait tourner la tête. Aucune drogue ni aucun alcool ne peut reproduire cet effet de flottement.

Kate a quitté la terre. Elle est partie dans les étoiles. Le cosmos lui ouvre les bras.

Trois, quatre orgasmes.

Deux doigts, trois doigts, quatre doigts…

Devant, derrière.

Alain est un habitué. Quarante-deux ans, dix cheveux blancs à tout casser. Bel homme. Celui qui léchait avec tant de passion la fente humide de la belle, se relève et, prenant la place du doigteur d'anus, pousse sans violence Catherine sur le dossier du fauteuil en velours devant elle sous les regards amusés de toute l'assistance.

Penchée en avant, Kate n'a qu'à peine le temps de regarder à travers ses mèches de cheveux pour essayer de deviner ce qui se trame derrière son dos ou plutôt… derrière son cul.

Elle voit Alain enfiler très méthodiquement un préservatif, comme un chirurgien qui prépare ses outils avant d'opérer.

Ce dernier lance un regard furtif à Tyler comme s'il lui demandait sa permission. Ce que Tyler n'attend pas pour donner d'un élégant et silencieux acquiescement de la tête.

— Si ça ne te plaît pas, tu dis *stop*, dit Alain.

— Compris, répond Catherine en écartant ses fesses avec ses mains.

Alain est un gentleman, il entre dans la vulve de Kate comme une enveloppe qui entrerait tout doucement dans une boîte aux lettres.

Son va-et-vient est un ballet. Ses caresses sont une danse et son parfum… du Chanel.

Catherine jouit à chaque coup de reins. Encore. Encore. Et encore.

Les gémissements de la petite fille montent légèrement à la tête d'Alain qui contrairement à son habitude, se met à accélérer légèrement.

— Ouh… peut-on entendre de la part de Kate. Comme ça oui… murmure-t-elle.

— C'est bon comme ça ? demande Alain.

— C'est parfait…

Dans le reste de l'assistance, les non-habitués encore trop timides pour se lancer, peuvent compter sur Jean-Mi pour jouer les entremetteurs.

Tyler pendant ce temps donne une leçon aux vétérans.

Françoise, rejointe par son amie Isabelle, s'occupe du pénis du jeune homme, jusqu'à ce que la blonde mûre décide de s'empaler face à lui sur son engin.

À califourchon sur lui, les bras tendrement pliés derrière sa tête, Françoise chevauche le bel étalon irlandais. Isabelle qui s'ennuie se met à genoux entre les jambes de Tyler pour lécher ses couilles imberbes. En l'absence de poils, Isabelle a l'impression de manger une pâtisserie. Chaude, molle et élastique. Un vrai régal.

Une nuit de cris de plaisir s'est achevée alors que sur les coups de trois heures du matin, Jean-Michel ému donne aux nouveaux couples qui lui ont plu, la carte de visite du club. Quand il la donne à Tyler, il regarde avec admiration la belle Catherine qui ne donne l'air de rien.

On a du mal à croire que cette magnifique œuvre d'art était entre les mains de huit hommes quelques heures auparavant.

— Ils ne sont pas près de t'oublier, dit Jean-Mi.

— Moi non plus, répond Kate, souriante.

— Et en plus, elle est gentille. Prends soin d'elle, mon garçon ! Cette fille, elle est parfaite.

— Vous me flattez, dit Catherine.

Désormais en route pour l'hôtel, Tyler et sa bien-aimée décident de faire le trajet à pied. C'est leur dernière nuit dans la Ville lumière. Qui sait quand et s'ils reviendront ?

Tyler et Kate ont passé une bonne soirée, et il est bien obligé de l'admettre, cette incursion dans le monde libertin lui a beaucoup plu. Pourtant un détail de merde lui revient, le coup de téléphone d'Elisha il y a cinq mois.

Ce que je craignais est en train d'arriver. Tu deviens une femme. Tu comprendras plus tard.

Catherine voit le désarroi de son chéri et décide de le rassurer.

— Qui y a-t-il mon amour ? demande-t-elle.

— Dans ce club ? Tu n'as pas eu un petit peu peur ?

— Peur de quoi ? C'était un club libertin, pas un tripot de la mafia.

— Hum ? Oui… un milieu propre et encadré…

— Je ne comprends pas ta question.

— Tu étais excitée ?

— Bien sûr ! Tous ces hommes sur moi, c'était très excitant ! Je sens encore la langue de ce type dans mon cul… chaude et gluante…

— Putain. Moi je me suis tapé toutes les cougars du club. Des déesses, attention ! Plus une petite jeune qui semblait un peu perdue jusqu'à ce que Jean-Mi la rassure. Tu voudras y retourner un jour ?

— Au risque de te décevoir, non. J'ai passé un très bon moment, mais j'ai d'autres priorités. Il nous reste un an à Oxford. Je préfère me concentrer sur mon avenir.

— OK, dit-il l'air rassuré.

— Chéri, je sais ce qui te tracasse. Tu as peur que je prenne trop goût à ce genre de truc et que je me transforme en une espèce de *vampire du sexe.*

— C'est carrément ça, oui.

— Déjà d'une, tu es bien le seul mec sur terre à qui ça déplairait d'avoir une copine accroc au cul et de deux, ce n'est pas mon truc. Moi aussi j'ai flippé en entendant les révélations de Stephen au sujet de notre mère et il a presque réussi à me faire penser que j'allais subitement devenir comme elle. Mais retiens bien cette phrase : ce n'est pas le sexe que j'aime, c'est toi. Désormais, je le sais, je ne suis pas ma mère.

29. Le scenario.

Novembre 2005. Southland Hills. Villa de Don Carlone.

À cette époque, Elisha Preston était gogo danseuse pour le compte du clan Carlone.

Stephen Landers, son amoureux de l'époque, un agent du FBI infiltré dans l'organisation avait eu une idée brillante pour blanchir cent millions de dollars d'un des amis du don.

Utiliser l'argent du client afin de produire un film pour le cinéma.

— Une chance pour ce crétin, j'ai un scénario ! dit Steve.

— Un scénario ? Toi ? demande Elisha.

— Oui enfin… c'est plutôt une trame en fait.

— Et qui raconte quoi ?

— Ah ! Ah ! C'est l'histoire d'Andrew Storm un flic infiltré dans un clan mafieux et qui tombe amoureux de la plus belle femme du clan.

— Pas mal ! C'est… tordu, mais… intéressant. Et alors ?

— Alors Andrew et Nancy s'aiment en secret tu vois ? Personne ne sait qu'il est un agent du FBI infiltré chez eux.

— Même pas Nancy ?

— Non… même pas elle… soupire-t-il, soudainement triste.

— Quoi ? Un problème ?

— Non… en fait tous les jours, il aimerait dévoiler le pot aux roses à sa chère et tendre, mais il en est incapable. Sa couverture risquerait d'être grillée et… il mettrait l'amour de sa vie en danger.

— Peut-être qu'il ne fait pas assez confiance à sa chérie.

— Peut-être qu'il lui dira quand il sentira que c'est le bon moment.

— Je l'ignore, c'est ton scénario Don Juan, à toi de décider.

— Oui… c'est mon histoire… c'est moi qui décide.

— Je me demande où tu vas chercher des idées à la con comme celle-ci. Au fait comment va s'appeler ton chef-d'œuvre ?

— J'ai pensé à *Raped Soul.*

— *L'âme violée* ? C'est hideux comme titre. Ce n'est pas très vendeur. Pas pour un film en tout cas… non, il te faut un titre plus romantique comme *Amour impossible* ou *Les caprices de l'univers.*

— C'est pas mal. Ça me plaît ! *Les caprices de l'univers* je valide. Merci mon amour !

— On accomplit jamais rien tout seul, à un moment donné, il faut demander de l'aide.

— *Les caprices de l'univers.* Un scénario de Stephen Lambert.

— Stephen Lambert ?

— En référence à cet acteur français que j'adore, Christophe Lambert.

— OK, champion. Je te laisse travailler, je te rappelle que je suis enceinte de deux mois, j'ai… un petit coup de barre.

— Pas de problème, va te reposer. Pendant ce temps-là, moi, je planche sur mon scénario.

— Écris carrément une trilogie, c'est la mode en ce moment, dit-elle, moqueuse.

— Je vais déjà écrire le premier et on verra après, répond-il souriant.

— À tout à l'heure.

— Elisha ?

— Steve ?

— On s'aimera pour toujours, hein ?

— Oui, Steve. On s'aimera pour toujours. Toi, moi et notre fille.

— Shirley... j'ai tellement hâte de pouvoir te tenir dans mes bras.

2047. Miami. Villa du clan Safioti.

Elisha a décidé de s'offrir une journée de repos, le club tournera bien sans moi, pense-t-elle.

Devant l'imposante collection de DVD, Blu-ray et Krystal Disc qui se dresse devant elle comme le mur fortifié d'un château fort, la mère de trois enfants fait défiler son index devant chaque boîte, minutieusement rangée par ordre alphabétique jusqu'à trouver un film qui lui plaît.

À… Alien 5, non ! Alien versus Predator 3, non plus…

B… Batman. 1 à 4, Batman vs Superman… The Batman, Battleship 1 et 2… rien dans les B.

C, rien. D… Duke Nukem 3D le film… je l'ai regardée avant-hier…

E, F, G, H, I, J, K, L… L'effet papillon 4, Les caprices de l'univers…

Elisha est émue en voyant cette boîte. La boîte qui a littéralement changé sa vie.

La sortie du film écrit par Steve Landers, son amour d'alors, a été un flop voulu et organisé par le principal intéressé.

Steve savait que pour blanchir de l'argent en produisant un film, il fallait que le film se plante au cinéma afin de ne pas attirer l'attention de la presse ni du FBI, ce qui aurait compromis toute l'opération. Et que le film serait remboursé grâce à la sortie en DVD, et ce dans la plus grande discrétion.

Le plan du jeune agent infiltré a été un succès total sauf qu'en ne mettant personne au courant de son véritable objectif, tout le monde au sein du clan Carlone a pensé que Steve voulait les arnaquer.

Angelo Carlone en personne tua le jeune homme d'une balle en plein cœur.

Pour Elisha, ce fut le début de l'enfer. Rendue amnésique par hypnose, la jeune femme est devenue la prostituée N° 1 du clan, pendant huit ans.

Elisha retourne la boîte du film dans tous les sens, lit le résumé, les noms des acteurs, du scénariste…

Elle regarde la liste des bonus inclus dans le disque.

Bêtisier, commentaire audio, interview exclusive du producteur et scénariste du film Stephen Lambert.

Ce bonus attire l'attention d'Elisha. Elle n'a jamais eu le courage de regarder le film, mais l'interview de Steve, ça, ça l'intéresse au plus haut point.

Un logo improbable apparaît, un homme et une femme habillés dans un style médiéval s'embrassent tendrement avant de se changer en ombres chinoises et de voir tomber des couronnes sur leurs têtes.

KINGS&QUEENS PRODUCTIONS.TM.

— Ça, c'est un bon logo de merde ! lance Elisha à haute voix.

Le disque affiche son menu, film, chapitres, langues, bonus.

Elisha tremble en sélectionnant l'interview du scénariste.

La vidéo démarre. Steve assis sur une chaise pliante est accompagné d'un homme dont Elisha se souvient parfaitement.

— Ce putain de Toshiro.

De son vrai nom Thomas Shiro, le premier exécuteur de Don Carlone semble carrément mal à l'aise et affiche une mine si grise, qu'elle rendrait triste la tristesse en personne.

L'homme chauve en costume noir deuil, regarde absolument partout sauf vers la caméra comme s'il guettait des policiers sortants de nulle part prêts à lui bondir dessus.

Les discrets coups de coude de Steve réussissent à finalement figer l'homme de main qui se transforme soudainement en statue de cire regardant fixement droit vers la caméra sans afficher aucune expression.

Elisha, malgré les mauvais souvenirs à la vue de cet homme, se surprend à lâcher un petit rire.

— Steve putain… comment ton plan a pu marcher dans ces circonstances ?

Stephen Landers, 27 ans à l'époque de la vidéo, affiche toujours sa fière tignasse brune coiffée en pétard.

Le jeune homme sourit et semble excité comme une puce, assis à côté d'une statue de cire.

— C'est un rêve de gosse que d'écrire un scénario de film, dit-il. Cette histoire aborde des thèmes universels qui nous sont chers à tous, l'amour, la famille, l'argent, la justice et même le sexe !

— Le sexe ? demande un journaliste invisible.

— Bien sûr ! Ce film est aussi un polar érotique dont les protagonistes subissent des événements plus forts qu'eux et dont ils ont carrément perdu le contrôle.

« *C'est n'importe quoi ce que tu racontes* », pense Elisha devant son écran.

— Malgré tout, ce qu'il faut retenir de cette histoire, c'est que c'est un film sur la vérité. L'honnêteté. Arrêter de cacher des secrets à sa famille ou à son entourage. Les secrets ont un prix et des conséquences parfois très lourdes.

— Vous-même, Steve, avez vous des secrets que vous cachez à vos proches ?

Après un long silence, Steve, sous l'œil de Toshiro qui vient enfin d'avoir une réaction et semble impatiemment attendre la réponse du jeune homme, répond sobrement.

— Oui. Comme tout le monde, j'ai des secrets.

— Les secrets sont par essence faits pour être découverts, dit finalement Toshiro. Vous avez tout ce qu'il vous faut ? Alors fin de l'interview, dit-il en essayant d'imiter un sourire humain.

Elisha se souvient du jour de la mort de Steve. Une heure après lui avoir déballé toute la vérité sur son statut d'agent infiltré.

Il m'a tout avoué, mais trop tard.

Plus tard, Elisha a finalement trouvé la force de regarder le film, *Les caprices de l'univers.*

Après les deux scènes post crédits et les textes de loi d'usages, le disque est revenu à son menu principal.

La réaction d'Elisha est sans appel.

— Putain, Steve ! C'était vraiment de la merde ! Comment une bouse pareille a pu rapporter trois fois son budget ? On se serait cru dans Twilight, version polar érotique.

En scrutant attentivement l'étagère de sa bibliothèque de DVD, Elisha se rend compte qu'elle possède également les deux suites du film.

Les supplices de l'univers et *Les sévices de l'univers.*

En regardant les deux boîtes, la tête penchée, elle laisse échapper un très rauque :

— Non… je ne vais pas faire ça ?

30. UN ŒIL SUR TOUT.

Octobre 2047. Oxford.

Éric Marsden a une surprise tout à fait spéciale pour Catherine aujourd'hui. Un de ses vieux collègues et ami photographe a accepté (moyennant rémunération bien sûr) de venir donner quelques cours de photographie. Un appareil photo n'est pas un simple outil, c'est un œil.

— Un œil ? demande la belle face à ses deux tortionnaires.

— Absolument, répond Bill Garrett tandis qu'il essaie plusieurs objectifs différents sur son appareil.

— C'est quoi ce que vous avez dans les mains ? demande-t-elle.

Silence absolu.

— Un… un appareil photo, répond Garrett figé.

— Et les espèces de gros… cornets métalliques que vous mettez devant, c'est quoi ?

— Des objectifs, répond-il tout aussi gêné.

— Pardon d'avoir l'air d'une idiote ! s'exclame Catherine. Mais je n'avais encore jamais vu de tels… bidules.

— Des bidules, dit Garrett en regardant Marsden. Mon Dieu, les temps ont bien changé.

— Il faut comprendre, dit Éric. De nos jours, on ne prend plus de photos. Les Agnes permettent des discussions visuelles instantanées et on peut faire des captures d'écran à 360° de ce que l'on voit. La photographie fixe et frontale, telle qu'elle existait avant, a disparu. Du moins, pour l'usage du grand public.

— Ce n'est qu'une partie de la vérité, dit Garrett. Les journaux papier existent encore et ils nécessitent de la bonne vieille photo *plate et fixe*. Comme cet article par exemple ! ajoute-t-il en lançant à Kate l'exemplaire qui se trouvait posé sur une des tables de la salle de classe.

La photo en noir et blanc montre Jesse Gallagher devant la porte de la prison, le visage souriant, accompagné de ses parents.

Innocenté !

Clame sans détour le titre du journal.

L'article revient en détail sur l'incarcération du jeune homme et sur son emprisonnement un peu hâtif d'après le journaliste. Plus loin, on parle de l'enveloppe contenant toutes les preuves de l'innocence du garçon envoyée anonymement à la police.

Éric sait parfaitement que c'est Kate qui a envoyé la fameuse enveloppe au commissariat. Si la belle avait donné son identité, on lui aurait immanquablement demandé comment elle avait obtenu des informations pareilles. Afin de se protéger et de ne pas gêner ses études à Oxford, Catherine a joué la discrétion.

— Comment trouvez-vous la photo, jeune fille ? demande Garrett.

— Elle est belle ! Beaucoup de détails… on dirait un petit tableau qui illustre parfaitement le titre et le texte.

— Elle me plaît ! dit Garrett.

— Elle fait cet effet à tout le monde… dit Éric blasé.

— Vous avez mis dans le mille, beauté ! La photo accompagne le titre de l'article et surtout, elle se suffit à elle-même, vous comprenez ce que ça signifie ?

— Ça signifie que même sans lire l'article on comprend tout ce qui se passe grâce à la photo !

— Qu'est-ce que c'est dans ma poitrine ? Un battement de cœur ?

— Mon Dieu, Garrett ! Tu vas bien ? s'exclame Éric.

William *Bill* Garrett, âgé de soixante-seize ans, est un authentique artiste, un amoureux absolu de l'image sous toutes ses formes.

Le dessin, la peinture, la photographie. Il aime les bandes dessinées et se surprend encore à regarder des dessins animés le matin en déjeunant.

L'homme possède toute une théorie concernant les dessins visibles dans des grottes préhistoriques. Bill est convaincu que le dessin est le plus bel art du monde tout simplement parce qu'il est le premier.

Dès que l'homme est apparu sur terre, son premier geste a été de dessiner. Ce n'est pas une simple théorie, défend Garrett, ce sont des faits. L'homme, l'être humain créé par dieu, aime les images.

C'est également à cause de cette théorie que le vieux baroudeur a horreur de manger froid. Il a dit un jour : l'homme de l'âge de pierre a appris à faire du feu, autrement dit, dès qu'il est apparu, l'homme a eu envie de manger chaud. Et moi l'homme du XXIe siècle, je devrais manger froid ? Que répondre à ça ?

Garrett, surnommé, le vampire sans cœur (la légende raconte qu'une de ses stagiaires aurait craqué à cause de sa trop grande sévérité et que c'est elle qui l'a affublé de ce surnom) à la réputation de manquer cruellement de patience et de ne s'entendre qu'avec les personnes qui le comprennent en moins de trois secondes.

Pourtant Garrett peut l'affirmer, il a bien un reflet dans le miroir.

— J'ai lu très attentivement votre article, dit l'homme d'expérience et c'était pas mal, n'étant pas moi-même rédacteur, je donne un simple avis à froid.

— Je vous en remercie, dit Kate.

— En plus, elle est polie ! dit-il en regardant Éric qui, yeux fermés et bras croisés, acquiesce d'un mouvement de tête. Ce qui aurait rendu parfait votre article, c'est bien entendu, une photo digne de ce nom.

— Une photo montrant toute les sachets d'herbe que les policiers ont trouvés après avoir fouillé la chambre de Jesse, dit Catherine.

Silence.

— Je suis venu pour quoi moi au juste ? demande Garrett. Cette fille n'a rien à apprendre !

— Oh que si ! dit Éric en se rapprochant. Tout d'abord, son article était bon, mais pas tant que ça. Ensuite, la demoiselle n'a jamais tenu un appareil photo de sa vie. Catherine est parfaite au niveau de la théorie, elle est très scolaire, le rêve de n'importe quel enseignant, mais je ne lui mettrais pas un rouleau à pâtisserie dans les mains pour étaler de la pâte.

— Je vois… dit Garrett. La théorie, mais pas la pratique. Question toute bête, mademoiselle, vous avez idée du poids d'un tel engin ?

— Je ne sais pas… 1 kilo ?

— Pas mal. Le CANON EOS R5 que voici pèse 750 grammes sans la batterie ni l'objectif. Une fois équipé, ce machin fait largement 2 kilos. À votre avis, on peut courir avec ?

— Bien sûr que non ! Photographier en courant me paraît impossible même avec une Agnes. Votre appareil est clairement prévu pour les photos volées. Les planques, comme font les paparazzis.

— Intéressant... vous n'aviez encore jamais vu d'objectif, mais avez deviné toute seule qu'il s'agit d'un zoom.

— Quand je te dis que cette fille est une petite maline, dit Eric

— Je sens en effet un grand potentiel, dit Garrett. OK. Je pense avoir compris comment travailler avec vous. Tout d'abord, inutile de trimballer cette antiquité. Contrairement à ce qu'on pense, tout le monde sur terre n'a pas une Agnes. Les téléphones portables existent encore même s'ils sont réputés pour être encombrants, quand bien même ils font la taille d'une carte de crédit.

— Un quoi ? demande la jeune femme.

— Un téléphone portable.

—...

— Un portable ? tente Garrett.

— …

— Un mobile ?

— Désolée je…

— Ce n'est rien, dit Éric. De nos jours, les téléphones ne ressemblent plus vraiment à des téléphones. Garrett parle de ceci (il sort de la poche arrière de son jean une petite plaque de verre).

— Un T-COM ? C'est ça que vous appelez un téléphone ? s'exclame Kate. Les journalistes se servent de ça ?

— Absolument, dit Garrett. Ce petit machin est parfait pour le boulot. Léger, presque incassable, définition Krystal comme les télés actuelles. L'appareil photo parfait même si pour les dinosaures comme moi, ce n'est qu'une petite plaque de verre transparente. Malgré tout, ce machin a un très gros défaut, vous savez lequel ?

— Son autonomie ? lance timidement Catherine.

Après un très long silence, Garrett, les larmes aux yeux, sent quelque chose de troublant, son visage se met à trembler, il chatouille.

— Que m'arrive-t-il ? demande Garrett. Mon visage, il me picote.

— OH !! MON DIEU !!! hurle Éric. WILLIAM !!! TU ES EN TRAIN DE SOURIRE !!!

— Je souris ? bredouille-t-il.

— Oui monsieur, vous souriez ! dit Catherine. Et… vous pleurez ?

Le vieil homme éclate littéralement en sanglots et tombe à genoux.

— Bonté divine ! Kate ! Vous avez la moindre idée de ce que vous venez de faire ? dit Éric.

— Quoi ? Non ! Qu'est-ce que j'ai fait ?

— Vous lui avez fait plaisir ! Ça ne lui était plus arrivé depuis au moins...

— Vingt-huit ans, dit Garrett.

31. La photo du siecle.

Garrett a lancé un défi simple à la belle Catherine, lui ramener la *photo du siècle*. Rien que ça. « Trouvez une image qui vous interpelle, et ramenez-la-moi », a-t-il dit.

Samuel Preston, le père d'Elisha et grand-père de Catherine, vit désormais dans une maison de retraite de Miami. Clarice, sa femme, est décédée, un an plus tôt, d'une crise cardiaque à l'âge de 88 ans. L'occasion pour Kate *le chat* de retrouver ses racines. Un bon de sortie exceptionnelle pour motif de *recherches* a permis à la belle plante de quitter l'île quelques jours, le temps de trouver la photo du siècle.

— J'avais oublié cette odeur, dit Kate qui revient chez elle pour la première fois depuis deux ans.

Ces sons, ces couleurs. C'est l'Amérique ! Catherine se sent comme une petite fille qui rentre de l'école et retrouve ses parents. Sauf qu'elle n'est pas allée voir ses parents. Pas encore.

Pour l'instant, le seul homme qu'elle a envie de voir est son grand-père. Sam Preston, l'un des créateurs de Presman Labs, les inventeurs du *téléphone de verre* et des montres Agnes.

Malheureusement aussi, des balles de lumières qui équipent 90 % des armes à feu du monde. Inutile de préciser que la famille Sainte-Rose est l'heureuse bénéficiaire des revenus de l'entreprise familiale.

Catherine avait également oublié la chaleur étouffante de Miami même si heureusement, le mois d'octobre en Californie est réputé pour être le mois le plus tempéré de l'année. Habillée à l'anglaise, un jean déchiré, un gilet en jean, une écharpe, un bonnet, Catherine se dit qu'il est temps de redevenir Américaine pour le plus grand plaisir des yeux. Vêtue d'un simple mini short en jean et d'un débardeur rose très court, Aphrodite vient rendre visite à Chronos.

À peine a-t-elle dépassé les portes d'entrée automatiques, qu'elle est freinée dans son élan par un jeune membre du personnel. Joli garçon à la barbe de quatre jours, il arbore fièrement une longue blouse blanche.

— Woh ! Woh ! Woh ! Et elle va où comme ça ?

— Hé ? Poussez-vous ! Je viens voir mon grand-père !

— Ça, j'en suis persuadé ! Mais votre tenue n'est pas *convenable* pour entrer ici.

— Convenable ? C'est quoi ici ? Le Ritz ? C'est une maison de retraite à la con ! Laissez-moi passer !

— Houla ! Houla ! Pas un pas de plus, mademoiselle ! Je suis certain que votre papy serait ravi d'avoir de la visite, mais si vous entrez là-dedans dans cette tenue, vous allez faire exploser les pacemakers de tous nos résidents !

— Vous… vous blaguez ?

— Peut-être.

— Écoutez, mon motel est à des lustres et je suis venue jusqu'ici à pied, je n'ai pas envie d'y retourner pour enfiler un pull à la con, il fait 59 000 degrés dehors !

— J'ai compris ! Accepteriez-vous au moins d'enfiler une blouse d'infirmière le temps de votre visite ?

— Attendez que je comprenne. Pour me rendre moins *sexy,* vous voudriez que MOI, je m'habille en infirmière ?

— Je m'en suis rendu compte en le disant, écoutez si ce n'est pas moi qui vous fait sortir, ce sera le premier vigile de la sécurité que vous croiserez, alors on doit pouvoir trouver une solution.

— OK… des blouses d'hommes comme la vôtre, il y en a d'autres ?

Quinze minutes plus tard, Catherine vêtue de sa longue blouse blanche déambule dans les couloirs de l'établissement. Ses cheveux attachés et ses lunettes rondes lui donnent vraiment l'air d'une infirmière.

— Pardon, mademoiselle… bredouille un homme qui semble plus vieux que le soleil. Vous êtes nouvelle ? Je cherche de nouveau le chemin de la cantine !

— Euh… oui, bien sûr monsieur, voyons… au bout du couloir sur votre gauche, vous prenez l'ascenseur puis descendez au niveau -

2 et ce sera tout au bout d'un couloir avec des papillons dessinés partout.

— Oh ! Merci, mademoiselle… vous êtes bien aimable.

— Il n'est pas près d'arriver, soupire-t-elle en regardant Toutankhamon s'éloigner.

Catherine croise alors une autre infirmière et l'informe qu'un monsieur âgé a dit se rendre au niveau -2 croyant rejoindre le réfectoire.

— Encore monsieur Kyriakos, ce n'est pas vrai ! La dernière fois, on l'a retrouvé sur le parking. Quelqu'un a fait croire à cet octogénaire que ses parents venaient lui rendre visite… ce que les gens peuvent être stupides ! Profiter de la crédulité de personnes âgées c'est vraiment idiot !

— Que veux-tu ? Il y a des gens immatures partout ! Moi, c'est Catherine.

— Tu l'as dit ! Tu es nouvelle ? Moi, c'est Emma, bienvenue chez nous. Je te laisse, *collègue,* je dois rattraper ce pauvre monsieur Kyriakos.

— Il y a quoi au niveau -2 ?

— Les transformateurs et les tableaux électriques.

— Oh, merde ! Ne traîne pas alors !

— Ouais ! Merci du tuyau !

Catherine, à la fois amusée et gênée par sa vilaine plaisanterie, prend le temps d'observer son reflet dans un grand miroir qui orne l'un des murs du couloir qui conduit à la chambre de son grand-père.

— Il ne va jamais me reconnaître dans cette tenue, dit-elle en enlevant son déguisement. Dommage, ça me va drôlement bien.

Finalement, Kate retrouve Sam, qui malgré ses 88 ans, semble toujours autant aimer les équations mathématiques. En atteste la quantité impressionnante de classeurs et de livres qui remplissent toutes les étagères de sa chambre.

— Regardez ça, infirmière ! Je suis à deux doigts d'inventer un parfum dont l'effluve ne s'estompe jamais ! Ça fera chier les vendeurs de cosmétiques !

— Sam ? C'est moi ! Tu me reconnais ?

— Elisha ? Ma beauté ! Ma princesse ! Mon dieu tu es le portrait craché de ta mère !

— Non ; grand-père, c'est moi, Catherine. Ta petite-fille.

— Mon Dieu, pardonne-moi, ma chérie, où ai-je la tête ? Tu es bien trop jeune pour être ma fille, dit-il, souriant.

— Toi en revanche… tu ressembles un peu à Stephen…

— Eh oui. Que veux-tu ? La beauté de la génétique ! Dis-moi… qu'est-ce que tu trimballes là ?

— Oh ! C'est… un costume d'infirmière. Un type à l'entrée prétend que je pourrais troubler les résidents. Il m'a demandé de mettre ça.

— Il voulait sûrement dire, *les exciter*. Tous ces vieux pervers deviennent fous chaque fois qu'ils aperçoivent un nombril.

— Et pas toi, évidemment, dit-elle, souriante.

— Catherine… j'ai aimé Clarice, ta grand-mère, la plus belle femme de toute la création. Elle m'a donné une fille resplendissante qui m'a à son tour donné une petite-fille magnifique. Quand on a passé les soixante-dix dernières années à se dire qu'on a déjà vu les plus belles femmes du monde, toutes les autres paraissent bien quelconques.

— Ça au moins c'est un compliment !

— Qu'est-ce qui t'amène ma puce ?

— Je suis venue te demander un service.

— Tiens donc ?

— Rien de sorcier. En fait, je suis venu te prendre en photo. C'est pour un devoir que je dois rendre à l'université. Je dois prendre *la photo du siècle*. Je me suis dit que c'était toi la photo du siècle. L'homme qui a changé la face du monde.

— Ça me touche énormément ce que tu dis. Et je serais honoré d'être ton *sujet* d'étude. Tu t'amuses bien à Oxford ?

— Ouh ! Il me faudrait la journée entière pour tout te raconter, mais pour résumer, oui. Je m'y plais beaucoup. J'ai même… rencontré quelqu'un.

— Je suis très heureux pour toi. Tu savais que j'étais tombé amoureux de ta grand-mère au lycée ? En 1976.

— Je l'ignorais.

— Il y a une expression qui dit : *l'histoire est faite pour se répéter.* Il semblerait que ce soit la vérité.

— Peut-être… dis-moi grand-père… en parlant de vérité…

— Oui ?

— Tu veux bien me raconter toute l'histoire de notre famille ? Tout de A à Z. J'en ai assez de vivre dans l'ignorance du passé. Je ne pourrais pas avancer davantage dans ma vie si je ne sais même pas d'où je viens. Papa et maman ne veulent rien me dire et les quelques infos que je possède sont celles que les parents ont bien voulu autoriser Steve à me lâcher. Si je veux connaître mon histoire, je pense que tu es le seul qui puisse m'aider.

Sam, qui jusqu'à cet instant griffonnait des équations, s'arrête subitement et dans un calme olympien, pose délicatement son stylo sur son bureau puis avec l'aide d'une canne se dirige vers la fenêtre de sa chambre. Sans ne plus émettre aucun son, il observe la rue. Les voitures, les passants, la ville qui respire devant ses yeux fatigués.

— Kate. Si je te raconte tout, il n'y aura aucun retour en arrière possible. Ça chamboulera toute ta vie à jamais.

— Je suis prête.

32. ÂME VIOLEE, AME SAUVEE, AME DAMNEE.

« *Âme maudite* », pense Catherine alors que Samuel lui raconte tout ce qu'il sait dans les moindres détails.

Un récit incroyable couvrant plus de dix ans d'histoire.

Catherine comme tout journaliste a appris à synthétiser. À résumer une histoire pour obtenir un condensé court et malgré tout clair comme du cristal.

Mais là, il y a beaucoup trop d'informations, la synthèse va faire mal.

— J'ai fini, dit Sam.

— Woah… tout ça… ?

— Oui. Tout ça.

— Putain.

— Ça va aller ?

— Oui, oui, j'ai simplement besoin de digérer.

— Tu sais faire une synthèse ?

— Quoi, un résumé ? Oui. Bien sûr.

— Hé bien fait un résumé de toute cette histoire, c'est un excellent exercice pour toi qui veut devenir journaliste.

— Tu rigoles ? Comment veux-tu que je résume une histoire aussi longue ?

— Comment résumerais-tu la Seconde Guerre mondiale ?

— Un méchant monsieur a voulu conquérir l'Europe.

— Voilà.

— OK. Donc, pour résumer : en 1986, à Pensacola, tu as abandonné Clarice et ma mère le jour de sa naissance pour aller secrètement fabriquer ; avec l'aide d'un de tes vieux copains de fac ; un ordinateur surpuissant pour le compte du pentagone, appelé le *Phantom.* Clarice pendant ce temps a refait sa vie avec un mec qui habitait Southland Hills et qui l'a convaincue d'aller s'installer là-bas pour élever Elisha comme sa fille. Finalement, ce gentil monsieur est mort d'un cancer et Clarice, sans argent et endettée, est devenue la prostituée N° 1 d'un clan mafieux dirigé par Angelo Carlone.

— Jusque-là, c'est bon.

— Sauf que tu n'as pas aimé l'offre que te faisait l'armée et tu as fabriqué dans leur dos un deuxième appareil plus petit pour le vendre à un laboratoire qui, manque de chance, appartenait au fameux Angelo Carlone. L'armée s'en est rendu compte et ils t'ont envoyé à la prison de Rikers Island pendant sept ans afin que tu gardes le silence.

— Continue.

— En 2004, Toshiro, le N° 2 du clan Carlone a fait semblant de tuer Clarice alors qu'il était venu récupérer le fric qu'elle avait volé à son boss. Toshiro a laissé partir Clarice en échange d'Elisha qui a dû prendre sa place quelques mois avant de partir en Angleterre pour faire une école d'art et de lettres. Elisha a été hypnotisée pour oublier son passé et sa mémoire a été scellée par des mots clés qu'elle n'avait que peu de chance d'entendre au quotidien et qu'elle a finalement entendus quand même. Ce qui a foutu le bazar puisque les quelques souvenirs qu'elle a récupéré par accident l'ont détournée du clan. Elle aurait pu l'anéantir si seulement elle n'était pas tombée amoureuse de Steve Landers, un flic infiltré dans le clan. Leur relation a calmé Elisha qui est redevenue une employée à peu près docile.

Puis tout accélère d'un coup, 2008, Steve meurt d'une balle en plein cœur tirée par don Carlone en personne qui pensait s'être fait détroussé, 2012, le FBI s'en mêle et aide Elisha à reconstituer le puzzle, ma mère finit même par apprendre qu'elle et Steve ont eu un enfant, ma grande sœur Shirley. Elisha se met en tête une nouvelle fois d'anéantir le clan Carlone et avec l'aide des trois agents du FBI, potes de feu Steve Landers, ils y parviennent. Elisha quitte Southland Hills sans se retourner. Fin du premier acte.

— Bon, ça ne s'est pas tout à fait passé comme ça dans les moindres détails, mais c'est ce qu'il fallait retenir.

— Ensuite… en 2020, soit huit ans plus tard, ma mère, devenue agent du FBI, infiltre de manière totalement imprévue le clan Safioti, *les dents de fer* de Miami. Elle tombe amoureuse de Peter Sainte-Rose, le N° 2 du clan. Ils aident Andrea Safioti, une gamine de 25 ans, veuve du précédent boss, de cinquante ans son aîné, à devenir la *ma* du clan. Mes parents affrontent Marco Gara, le précédent N° 2 du clan Safioti qui refuse de voir Andrea sur le trône. Ils battent le méchant ; quelques mois plus tard, vient au monde mon grand-frère, Steve, que papa a désiré appeler comme ça en hommage au premier amour de maman, estimant que c'était un homme de valeur et qu'il mérite qu'on entretienne son souvenir.

— Encore du thé ?

— Tu m'étonnes, j'ai la gorge sèche.

— Tu te débrouilles très bien. Tu sais, faire une synthèse c'est le b.a.-ba du journalisme.

— Oui, mais là, y a trop !

— Non. Tu es à mi-chemin. Quand tu auras fini, tu tiendras un article.

— Un article que je ne pourrais montrer à personne.

— C'est l'article de ta vie. Ton histoire, ma confession, notre vilaine interview secrète. Mais continue, j'aimerais bien qu'on me raconte la suite pour une fois.

— OK… alors, Marco Gara se fait botter le cul et son clan des serpents est exilé au Mexique. Stephen Sainte-Rose, mon frère, est un bébé et c'est là que tu interviens.

— Oui…

— Peter décide d'épouser ma mère et il veut que tu sois présent. Alors il a obtenu on ne sait comment l'information ultra secrète comme quoi tu es vivant et en prison. Ils décident de te rendre visite comme par hasard le jour où tu avais planifié ton évasion pour aller confronter le secrétaire à la défense Stillson, l'homme qui t'avait commandé la fabrication du Phantom du temps où il était général et dont tu as la preuve qu'il s'en est servi pour faire du trafic d'armes.

— Exact.

— Tout s'emballe, on demande au FBI de protéger Stillson, du coup ma mère est là en tant qu'agent pour t'arrêter et ça marque le moment de vos retrouvailles. Stillson est démis de ses fonctions, toi tu es innocenté et le monde entier apprend que tu as fait sept ans de prison pour rien.

— J'aime bien cette partie.

— La même année en 2021, tu te fais enlever par des gangsters qui attaquent ton labo de Silicon Valley pour le compte d'une mystérieuse *boss*. Clarice Preston, ton ex-femme que tout le monde croit morte et qui désire se venger du fait que tu l'as abandonnée.

— Elle était encore très belle à cette époque !

— Six mois plus tard, maman retrouve ta trace grâce à la toute première montre Agnes que tu as créée et que ton assistant de l'époque a eu le temps de lui expédier par la poste.

— Scénario de malade, hein ?

— C'est… c'est tordu. Mais oui, il y a de quoi faire un roman avec tout ce bordel.

— Tu arrives à la fin.

— Finalement, Clarice qui avait remonté le clan Carlone à sa manière a été trahie par son N° 2, un homme du nom de Karl Stewart qui s'est changé en mutant géant après s'être injecté un sérum d'invincibilité de ton invention.

— Il s'avéra que ce n'était pas lui, mais un des sous-fifres. Le vrai Karl Stewart est mort dans un accident de voiture alors qu'il prenait la fuite.

— Comme ça ? Il s'est planté sans raison ?

— Il avait pris de la coke avant de monter dans son véhicule… ou peut-être qu'il a vu un fantôme ?

— Très drôle Sam.

— Alors ? Tu te sens mieux maintenant que tu connais la vérité ?

— Un peu… j'aurais préféré que mes parents me racontent tout ça. Là, j'ai le sentiment d'avoir… volé l'info !

— Mais c'est ce que font les journalistes. Ils piquent l'info. Ils trouvent les vilains petits secrets des gens et les racontent à tout le monde.

— C'est un beau métier à ton avis ?

— Je ne sais pas. Tous les métiers sont virtuellement beaux et utiles. L'important, c'est que tu aimes le faire. Si prendre des photos et interviewer des gens te passionne alors, fais-le. Et pour l'amour du ciel, amuse-toi.

— Tu es prêt pour la photo ?

— Attends ! Je vais mettre un peu de parfum !

— Pour une photo ?

— Ah oui, c'est vrai ! Où ai-je la tête ? Laisse-moi au moins mettre une chemise, ce sera mieux que le pyjama.

— OK, alors dit *Cheese* !

— *Cheese* !!

À ce moment, la lumière s'éteint subitement plongeant ainsi entièrement la maison de retraite dans l'obscurité.

— Tiens ? Les plombs ont sauté ? s'étonne Sam.

— Merde ! Ça, c'est monsieur Kyriakos qui a trouvé les disjoncteurs !

33. L'HOMMAGE.

Old city cemetery. Jacksonville. Octobre 2047.

Ethan regarde en silence la tombe de celui qui fut son grand-père. Le chef de son propre clan, ancienne branche d'un clan plus grand et plus puissant.

La famille Safioti comme n'importe quel édifice tenait sur quatre piliers. Ricardo Safioti, Marco et Monica Gara, Isabelle Torelli, aujourd'hui tous morts. La famille s'est reconstruite avec quatre nouveaux piliers.

Michael et Andrea Sainte-Rose, Vinnie Torelli et Fabio Argento.

Aux côtés du jeune homme, Britney tient fermement la main de son amoureux. L'homme qu'elle a accepté de suivre jusqu'au bout du monde. Et tandis que le vent chaud de Floride fait danser sa ravissante robe à fleurs, la jolie métisse se demande si son compagnon est vraiment heureux. Ou s'il mijote un quelconque plan démoniaque.

— Je serais avec toi, quoi que tu fasses. Lâche-t-elle soudain.

— Je sais… Britney, tu as fait un pari fou, celui de me suivre. Et je ne te décevrais pas. Je vais faire de toi une princesse.

— Je suis déjà une princesse.

— Alors, je dois faire encore mieux ! Pour toi. Tu as tout lâché pour être à mes côtés, je vais faire de toi ma reine et pour ça, il me faut rompre une promesse. J'ai promis de me tenir à carreau, ça ne signifie pas que je dois rester inactif. Pour te rendre heureuse, je vais devoir me faufiler à travers les quatre piliers du clan.

— Comment comptes-tu faire ça ?

— Deux options. Soit, je prends la place d'un des piliers. Soit, je m'impose comme étant le cinquième pilier.

— Ils ne te laisseront pas faire.

— Non. Sauf si j'ai les moyens techniques et financiers de mes ambitions.

— On parle de quoi ?

— Beaucoup d'argent… et beaucoup de flingues.

— Quel membre voudrais-tu remplacer ? Les Sainte-Rose sont les plus puissants et c'est la famille de Catherine. Le quatrième est ton propre père.

— Vinnie Torelli…

— Ta seule cible possible.

— Et pas la moins dangereuse… Vinnie est la tête du clan Torelli, les *Rolling Wolves*.

— Les *Loups roulants* ? C'est quoi ce nom débile ?

— Un jeu de mots absurde inspiré par le titre du conte pour enfants *Roulé le loup*. Et puis aussi, Vinnie aime les grosses cylindrées.

— Il fait des courses ? Des rodéos, comme dans Fast&Furious ?

— *Il* ? Vinnie est une femme. Virginie Torelli. En général, les quatre piliers sont toujours deux hommes et deux femmes.

— Oh !

— En tout cas, je crois que tu as raison, elle fait bien des rodéos dans le coin.

— Ça te donne une fenêtre.

—… une fenêtre… soupire le jeune homme. Grand-père qu'est-ce que tu ferais à ma place ?

À une heure d'avion de là, une jeune femme brune rend, elle aussi, hommage à un être cher. Au cimetière de Miami Avenue se trouve la tombe de Clarice Preston.

Enterrée une première fois à Pensacola lorsqu'elle s'est fait passer pour morte, Clarice a souhaité rester avec sa famille le jour où elle partirait pour de bon. Souhait que Samuel a respecté.

Catherine, dans sa sobre (mais courte) tenue de deuil, observe en silence la pierre tombale aux tons crème. Alors que le vent passe délicatement entre ses jambes, un bruit de chaussures à talons claque doucement dans son dos. Quelqu'un arrive derrière elle. Une femme. Mais Kate ne se retourne pas, elle attend d'être rejointe par la mystérieuse inconnue.

Convaincue depuis le fin fond de ses tripes qu'il s'agit de sa mère, Catherine prépare le baratin d'usage. Quand sa cible est à sa portée, elle lance calmement :

— Tu en as mis du temps !

— Pardon ? demande une voix qui n'est pas celle d'Elisha.

En se retournant brusquement, Kate aperçoit Andrea, sa tante, la femme de Michael, l'ancienne ma du clan Safioti.

— Tata ?

— Bonjour Catherine.

Andrea Hoffman, mariée Safioti puis Sainte-Rose. La *petite blonde à queue de cheval* comme l'appelait sa grande amie Elisha. À 52 ans, Andrea est toujours le petit canon qu'Elisha a connu quand elle n'en avait que 25. Seul son regard trahit son expérience, sa maturité, le poids des années et des aventures incroyables qu'elle a vécu dans sa jeunesse.

— Tu sais, dit Andrea, ta grand-mère, c'était une femme vraiment marrante. Elle était là quand on a affronté Karl Stewart.

— Je sais. Samuel m'a tout raconté.

— Tout ?

— Tout.

— Mon Dieu… alors tu sais pour… ta sœur, Sam et Clarice.

— Oui. Toutes les expériences menées par mon grand-père le savant fou. Il m'a tout avoué. Mais on s'en fout ! C'est du passé maintenant. Ça n'a rien à voir avec ce qui se passe en ce moment. Et puis d'ailleurs, je m'attendais plutôt à croiser ma mère.

— Elle te passe le bonjour. Ton père et elle sont en voyage d'affaires. Si tu veux tout de même venir faire un coucou à ton oncle Michael, il en sera ravi.

— Non… merci, Andrea. Je n'y tiens pas. Fais une bise de ma part au don. Dis-lui que sa nièce l'embrasse.

— Tu as tout de même le temps d'aller boire un café ?

— Pour quoi faire ? D'autres révélations ?

— Non. Juste une tante et sa nièce qui boivent un café ensemble.

— OK.

Andrea fouille dans les poches de son blouson en daim marron clair et en sort un briquet ainsi qu'une petite boîte métallique remplie de cigarettes.

— Tu fumes tata ?

— Non. Ce sont des cigarettes de lumières jetables. Tu les allumes comme une vraie clope avec un briquet, tu tires, et ça remplit ta bouche d'une fumée parfumée sans tabac que tu peux ensuite souffler. Le filtre est un chewing-gum que tu peux mâchouiller quand tu as fini.

— Génial ! Je… j'en veux bien une si ça ne te dérange pas ?

— Elles sont à la cannelle…

— Ha ! Bah, non alors.

Pendant ce temps à Jacksonville, Virginie *Vinnie* Torelli ; une femme que l'on pourrait simplement décrire par les mots : charpentée, musclée, carrée, un homme très costaud en somme ; se prépare pour un rendez-vous très particulier, ce soir, elle a un rencard.

Ce cœur à prendre adepte du culturisme et du bodybuilding, n'est pas réellement repoussant, son visage à la fois doux et carré confirme qu'à une époque lointaine, la trentenaire a dû être une femme tout à fait ravissante, mais son imposante musculature met mal à l'aise la plupart des mâles alpha.

Un jour, l'un de ses porte-flingues l'a surnommé avec humour *The rock* comme le célébrissime catcheur devenu acteur de cinéma. Ce fameux porte-flingue a tout bonnement disparu le lendemain. Un peu comme si toute sa personne s'était changée en gaz. Il s'est évaporé sans laisser de traces. Plus aucun porte-flingue n'a surnommé la demoiselle comme ça depuis ce jour.

Pourtant Vinnie, comme toutes les femmes, recherche l'amour, le vrai. Et si possible un vrai mec.

Sur une échelle de 1 à 10 – 10 étant *Plus virile que tous les hommes de l'univers* et 1 étant *presque une femme* – Virginie Torelli se situe à peu près au niveau 25.

Le seul homme qui pourrait la contenter est Charles Gaines, surnommé *Charlie la carie,* car il creuse l'émail jusqu'à atteindre le nerf. Il a la réputation de faire si mal qu'il ferait même tomber un colosse à genoux.

Charles *la carie* Gaines, 33 ans, crâne rasé, mesure 2 mètres tout ronds et pèse 100 kilos. Une curiosité mathématique, une perfection biologique. Plus musclé que 10 hommes bodybuildés, Charlie a dit un jour pour plaisanter qu'il avait mangé un taureau vivant. Ce qui a prouvé deux choses.

Charles n'est pas quelqu'un de drôle. Et vu son aspect général, on est tentés de croire tout ce qu'il dit.

Quand un homme bâti comme un taureau vous dit qu'il a mangé un taureau, vous n'avez plus qu'une seule certitude au monde, c'est que ce type a bel et bien dévoré une de ces bestioles. Une phrase qui revient souvent chez ce monsieur est : *je plaisantais.* Il fait bien de le préciser quand ça se présente.

Ce soir d'octobre 2047, Vinnie âgée de 30 ans toute ronde, a enfilé sa plus somptueuse robe de soirée fendue, laissant fièrement apparaître tous les muscles de son corps. Ses courts cheveux roux bouclés soulignent curieusement de façon très élégante les magnifiques boucles d'oreilles pendantes qu'elle a mises pour l'occasion.

Lorsqu'elle sort de sa chambre d'hôtel dans son élégante tenue, Virginie a hâte d'entendre les compliments des deux porte-flingues qui l'attendent devant sa voiture. Les deux hommes, qui regardaient au loin en fumant leurs cigarettes, se retournent pour voir le désas… le résultat du maquillage de leur boss et surtout, amie.

— Ppppfffffrrrr !!!!! MOUAHAHAHAHAHA !!!!!! hurle l'un deux. On croirait Hulk avec des nichons !!! MOUAHAHAHAHA !!!!

— La vache ! lance le deuxième. Mais qu'est-ce que… ?

Un très vilain son fait retomber le silence dans la rue. Quelqu'un semble avoir écrabouillé dans sa main un paquet de chips. La bouillie sanguinolente qui coule sur le sol, n'atteint heureusement pas les ravissants mocassins à lanières de la *Belle*. Un corps tremblant, sans vie et sans tête, se retrouve jeté dans une benne à une ordure plus vite qu'il ne le faut pour le dire.

— Mon Dieu, boss ! C'était… mon cousin…

— Est-ce que je suis belle ? demande-t-elle avec la sensualité d'une tractopelle.

— Carrément boss ! Vous êtes bonne ! Vous êtes carrément bonne ! En fait, je crois que vous êtes la plus bo…

Un nouveau son épouvantable met fin à la conversation. Puis le bruit singulier d'une benne à ordure dans laquelle on vient de jeter quelque chose avec force.

— Je déteste la vulgarité ! clame Vinnie. Je dois me laver les mains avant mon dîner.

34. LA BETE ET LA BETE.

Ce soir à Jacksonville, tous les clients d'un restaurant sont en effervescence.

En effet les habitués du restaurant chic *The Mark*, observent pour la centième fois, la tentative désespérée de Vinnie Torelli de rencontrer le grand amour.

Tous ses précédents repas ayant étés des échecs, les repas amoureux de la *divine* jeune femme sont devenus avec le temps une sorte de feuilleton, une attraction au sein de l'établissement.

— Elle n'en a pas balancé un dans le canal une fois ? demande un mari à sa femme.

— Si, si ! Je me souviens, il lui a demandé si ses chaussures à talons ne lui faisaient pas mal…

— Elle a rétorqué : *pourquoi ? j'ai des grands pieds ?* et elle l'a jeté, ça y est ça me revient.

Faisant mine de manger et de bavarder, tous les clients observent du coin de l'œil la table 58, celle qui est située dans le parfait milieu de l'immense salle à manger et à laquelle Mark, le propriétaire des lieux prend un malin plaisir sadique à installer la princesse en puissance.

Avec le temps, Mark a appris à avaler son rire grinçant si bien qu'on ne le distingue quasiment plus. Pourtant, il rit bel et bien quand il s'adresse à la jeune vierge effarouchée, mais ça ne s'entend pas. Il appelle ça *le rire silencieux*.

— Bonjour, mademoiselle, niih ! Niih ! Que puis-je vous servir ?

— Un steak saignant avec des frites !

— Niih ! Niiiiih ! Nih ! Nih ! Absolument Madame. Et pour votre ami ?

— Poulet moutarde, frite, répond le veinard.

— Niiiiihiiiihihihihhiiiiiiiiiiii, c'est magnifique ! *La grillade des amoureux* pour la 58 ! hurle Mark en grinçant comme une porte de prison.

— On aurait dit qu'il riait, non ? demande Charles.

— Non, répond-elle avec la délicatesse d'un lance-flamme. Je connais Mark depuis des années, il a toujours été là pour me remonter le moral quand… un dîner en tête à tête ne se passait pas très bien…

— Je comprends. Répond-il comme s'il avalait du gravier.

— On ne dirait pas comme ça, mais… au fond, je suis une fille sensible. Et quand je suis malheureuse, il m'arrive de pleurer.

— Je te rassure beauté, avec moi, tu n'as aucun souci à te faire. Je joue cartes sur table ! dit-il en tapant sur la table.

— À la bonne heure ! Nombreux sont ceux qui ont voulu profiter de ma richesse et… de mon inexpérience…

— NOOOOOON !!!!! gronde Charlie à voix basse. Ne me dis pas que…

— SIIIII... répond-elle sur le même ton, je suis vierge !

Un grincement significatif semble venir du bar où Mark est en train d'essuyer des verres avec un torchon. La tête rouge comme une pivoine et les yeux emplis de larmes, il continue de s'affairer sans bouger ni arrêter de sourire.

— J'ai toujours un peu honte d'avouer cette partie de ma vie, aboie Vinnie. Mais je sens qu'avec toi, je peux être honnête.

Les clients, les visages pour la plupart tous plongés dans leur serviette pour éviter d'émettre le moindre son, savent néanmoins que s'ils mettent la reine de la soirée en colère, ils finiront au mieux dans la baie, au pire à la morgue.

Aussi les visages retrouvent-ils tous progressivement leur sérieux.

— En fait, c'est drôle, dit un mari tout bas. Il y a presque de la beauté là-dedans.

— Je suis d'accord avec vous, mon vieux ! dit un homme à une autre table. En fait, j'en viens même à espérer qu'il va la sauter !

— Ah oui, alors ! entend-on murmurer de part et d'autre des quatre coins de l'établissement.

— Elle devrait arrêter de faire sa mijaurée, murmure une femme.

— Bien dit ! rétorque une autre. Elle devrait lui caresser l'entrejambe avec son pied ! Un classique !

— Ou faire tomber sa fourchette ! dit une autre.

— Il semble très timide lui aussi, souligne un mari la main devant sa bouche. Il n'a qu'à lui faire du pied.

— C'est un truc de gamin ! dit sa femme. On est où là ? Ils sont plus au collège ! Elle n'a qu'à lui palper les couilles !

— Marguerite ? Qu'est-ce que vous dites ?

La profusion de murmures en tous genres finit par se changer en brouhaha ce qui finit par agacer le couple au centre de tous les débats. Frappant du poing sur la table, Vinnie fait taire l'ensemble de la clientèle.

Le calme redescendu, Charles en vient à la conclusion que sa belle et lui seraient plus au calme ailleurs.

— J'ai une chambre d'hôtel, dit Roméo.

— Allons-y pour boire un dernier verre ensemble.

Quand les deux portes de la voiture de Vinnie claquent signifiant qu'ils vont partir et surtout, qu'ils ne peuvent plus rien entendre de ce qui se passe à l'extérieur, tous les clients du restaurant se lèvent comme pour fêter la coupe du monde.

— Il va la baiser ! Il va la baiser ! Il va ! Il va ! Il va la baiser !

— D'abord en levrette ! D'abord en levrette ! D'abord ! D'abord ! D'abord en levrette !

— Puis en missionnaire ! Puis en missionnaire ! Puis en ! Puis en ! Puis en missionnaire !

— Tu as décroché le jackpot mon pote !

Et tandis que les chants d'amour illuminent la nuit noire, la voiture des deux amoureux file comme une étoile filante à travers l'espace.

Arrivés à l'hôtel, les deux tourtereaux ne peuvent même pas attendre pour se déshabiller.

Vinnie contracte ses muscles ce qui suffit à déchirer sa magnifique robe qui tombe sur le sol.

Désormais uniquement vêtue d'un soutien-gorge et d'un string, la reine d'un soir observe son compagnon enlever à son tour ses entraves.

Une rapide contraction de ses muscles fait craquer la veste et la chemise du don Juan qui tombent à leur tour sur le sol. Très curieusement, Charles doit enlever son pantalon normalement puis son caleçon laissant apparaître ce que l'on pourrait confondre avec une trompe d'éléphant.

— Mazette ! grogne Vinnie. Je vais devoir fourrer ce gros machin dans ma bouche ?

— Jusqu'aux couilles ! précise Charlie. Ne me dis pas que tu n'as pas les épaules pour !

— C'est juste que, je n'aie jamais… sucé une bite avant.

— C'est drôle, moi non plus.

Silence de la mort qui tue.

— Je plaisantais.

— Ah ? OK, alors… allonge-toi sur le lit, grand fou ! Que je goûte à ce gros machin imberbe !

— Régale-toi, beauté !

Un amas de chair bodybuildée se forme. Un mélange masculin et féminin de muscles, d'abdos, de veines apparentes, de cuisses musclées et de gros bras.

La bête est en train de sucer le membre dur comme du béton d'une autre bête.

Ces gens-là ne sont pas des humains, pourtant, ils font l'amour comme des humains.

Apollon baise Apolline.

Herculine mange goulûment le sexe d'hercule à grand renfort de coups de langue humides.

Jason lèche généreusement la fente humide de Jasonnette alors que son nez tout entier est enfoncé dans le précieux puits de l'amour comme un authentique sexe en érection.

« *Il me baise avec son nez* », pense la belle bête.

— Il est temps ! rugit-elle. Prends-moi sauvagement ! Fais de moi une femme !

— Je vais te baiser en levrette, hurle le baryton. Mets-toi à quatre pattes !

Ce que la poupée musclée exécute sans se faire désirer.

Installée de cette manière, Vinnie a l'impression de perdre le contrôle. Son corps ne lui appartient plus, il est entre les mains de son amant fraîchement trouvé, il le possède totalement et peux en faire ce que bon lui semble.

Les fesses musclées de Vinnie se contractent en même temps que tous les muscles de son dos. Ce n'est pas une femme, c'est une machine de guerre.

Pourtant.

Il y a bien un cœur qui bat sous l'épaisse carapace, et la sensibilité de la jeune trentenaire éclate quand la douleur de son ancien corps d'enfant laisse la place à celui d'une femme.

Une douleur brève, mais bien réelle.

« *Je suis une femme.* »

— Il n'y avait pas de quoi en faire tout un plat ! aboie-t-elle.

— Incroyable ! Quelle femme ! Quelle beauté ! Quelle perfection ! Mais où était tu tout ce temps ? Quand je pense à toutes ces gamines mesurant un mètre soixante et pesant cinquante kilos que j'ai baisés au risque de leur ôter la vie… alors que toi, tu as la morphologie idéale pour accueillir en toi mon gros braquemart !

— Que m'arrive-t-il ? Cette douleur entre mes cuisses ? Et dans mon ventre ?

— Tu vas avoir un orgasme pour la première fois ! Laisse-toi aller ma déesse ! Abandonne-toi et jouis !!!

Le rugissement du Tyrannosaure fit trembler la chambre d'hôtel tout entière alors que dans son dos, un autre animal eut un orgasme au même moment. Godzilla poussa son cri et l'envoya jusqu'à la stratosphère.

L'amour n'a pas d'odeur. Ni d'yeux. Et bon sang, il faut croire qu'il n'a pas non plus d'oreilles.

35. Le plan.

Catherine, en plein appel visio, ne se doute pas un instant de ce qui se trame.

La belle est trop occupée à se consoler avec le visage de son chéri.

En effet, après deux jours passés aux États-Unis, Kate se surprend à penser qu'elle est pressée de rentrer à la maison.

— Tu te souviens tout de même que tu es américaine et que Miami est ton chez-toi, dit Tyler.

— Ben c'est justement ça le hic… je ne me sens plus chez moi ici maintenant. En Angleterre, j'ai l'impression d'être une princesse et toi, mon prince. Ici… c'est le monde réel, je ne suis qu'une petite pimbêche qui a l'air de rendre tout le monde nerveux. Et puis… Ty ?

— Quoi ?

— J'ai trop chaud !

— Trop chaud ?

— Oui comme… Quand tu n'as pas froid.

— J'avais pigé ! Je veux dire… c'est ta ville. Tu n'es plus habituée à la chaleur de la Floride ?

— Non.

— Merde, Kate ! Tu es devenue anglaise !

— C'est grave ?

— C'est grave pour l'Angleterre, oui !

— Très drôle !

— Haut les cœurs, mon amour, tu rentres bientôt. Mais si deux années t'ont suffi à t'habituer au climat anglais, qu'est-ce que ce sera l'année prochaine ?

Pendant ce temps à Durango, Fabio Argento et son fils ont une nouvelle discussion père-fils.

Le genre de discussion qui leur a tellement permis par le passé de se comprendre, de resserrer les liens de confiances.

Fabio et Ethan sont presque des potes. Des bons copains. Ils entretiennent avec le plus grand respect leur lien de parenté, ne serait-ce que pour soigner les apparences vis-à-vis de ceux qui ont un sens rétrograde de l'éducation, mais en réalité, ils se parlent comme des collègues. Et ce rapport ne fait que les rapprocher d'avantages.

— Tu fais chier Eddy ! Tu fais vraiment chier ! On nous a demandé de rester tranquilles, nous sommes à deux doigts de retourner aux États-Unis, DEUX DOIGTS !! Et toi, tu te pointes en souriant comme un con pour me dire que tu projettes de devenir un des quatre piliers du clan Safioti ? Alors qu'il est évident, ARCHI-EVIDENT, que ce sera refusé !

— Si je le demande poliment, oui ce sera refusé.

— Mais même si tu proposais à Michael Sainte-Rose en personne de lui tailler une pipe, ce serait refusé !

— Je n'ai que deux options : prendre ta place ou tuer Vinnie Torelli.

— Tuer Vinnie Torelli est impossible et inutile.

— Pourquoi donc ?

— *Pourquoi donc* ? Mais c'est que tu te prends pour un vrai petit gangster, dis-moi, espèce de petit branleur ! Pour tuer PHYSIQUEMENT Vinnie Torelli, il te faudrait au moins un missile nucléaire, et même si par miracle tu réussissais à buter cette ignoble aberration de la nature, les *Rolling Wolves* éliraient aussitôt un autre membre pour diriger le clan. Et le quatrième pilier resterait à sa place.

— Admettons. Et qu'en est-il de toi ?

— Quoi, moi ? Tu comptes buter ton propre père ?

— Mais non ! Tu peux me nommer à ta place !

— Ça ne fonctionne pas comme ça.

— Explique-moi dans ce cas.

— Eddy… depuis deux cents ans, environ, les quatre piliers de la famille Safioti, fonctionnent un peu comme un *conseil des quatre* ce n'est pas un club à la con duquel on entre et sort comme on veut. Le conseil des quatre reste le même aussi longtemps que possible. Tu comprends ? On arrive ensemble et on repart ensemble juste après, une fois devenus trop vieux, avoir créé un nouveau conseil plus jeune.

— Je vois… s'ils acceptent ton remplacement, ils doivent aussi nommer des remplaçants venant de leurs clans…

— Putain ! T'as pigé !

— Et… tu as le droit de convoquer le conseil ?

— Bien sûr. Mais pour quelle raison je ferais ça ?

— Ben, à part Vinnie…, vous avez tous la soixantaine… tu pourrais proposer un remplacement anticipé. Genre, *je sais qu'on pourrait continuer encore dix ans, mais… on serait pas mieux à profiter de la vie ?*

—…

— Quoi ?

— C'est le premier truc intelligent que tu dis depuis…

— Bon, ça va ! Alors ? Tu marches ?

— Oui, je marche ! Déjà d'une, parce que ça ne mange pas de pain et que j'en ai marre qu'on me laisse l'illusion que je codirige encore la famille depuis le Mexique.

— Je ne savais pas que t'avais des couilles !

— Plus grosses que les tiennes, gamin. Beaucoup plus grosses !

— C'est parce que les miennes sont vides.

— Touché !

À Miami, Catherine est si excitée par son coup de fil qu'elle se surprend à se donner du plaisir toute seule à l'aide de godes ventouses et autres accessoires.

La jolie brune a fait une razzia au sex shop du coin, *crédit illimité,* s'est-elle dit, c'est le clan qui paye.

Le vendeur en voyant les visages des deux chauffeurs de sa cliente, a *omis* de lui demander une pièce d'identité.

Godes ventouses, Rabbit à plusieurs vitesses, et à sa propre grande surprise, la jeune femme a craqué sur un plug anal en argent avec un diamant en forme de cœur.

Ce sera utile pour mon retour à Oxford, pense-t-elle.

Oxford. Le devoir à rendre.

La jeune femme, équipée de son surprenant nouveau *bijou*, décide de regarder sur un ordinateur, les photos qu'elle a prises avec l'appareil prêté par Garrett.

La jeune femme se dandine sur sa chaise tandis que défilent sous ses yeux toutes les images contenues à l'intérieur de l'objet.

« *Ça m'excite de trop*, pense-t-elle, *ça me titille l'anus, c'est trop bon…* »

Pourtant la jeune femme, entre deux mordillements de sa lèvre inférieure, réussit tant bien que mal à se concentrer sur les images.

Elle trouve enfin la photo de Samuel Preston. Règle la couleur, la lumière, effectue un léger recadrage.

Elle est parfaite.

C'est la photo du siècle.

Catherine cherche dans les dossiers, elle sait qu'elle a une photo de Tyler prise juste avant son départ.

La déesse s'allonge sur son lit et, munie de son *arsenal*, commence à imaginer qu'elle est à l'autre bout du monde, dans les bras de son prince.

Un devant.

Un derrière.

Un dans la bouche.

Ça glisse, vibre, donne du plaisir.

Ça… remplace provisoirement.

« *Vivement que je rentre au bercail* », pense la princesse.

36. LE FIN DU FIN.

Il est l'un des meilleurs de sa branche, Emmerich Verhoeven, est l'un des meilleurs artistes tatoueurs de Miami.

Se tenant droite comme un crayon devant la devanture du salon de tatouage, Catherine tient fermement à deux mains la bandoulière de son sac à main.

« *Est-ce vraiment une bonne idée ?* », se demande-t-elle.

Elle repense à la nuit dernière, ce cauchemar étrange qu'elle a fait ou ce rêve ? Elle est incapable de le dire.

Kate a subi ce qu'il convient d'appeler *un abus sexuel* infligé par une sorte de démon constitué de fumée noire. La créature est apparue alors que la belle dormait à poings fermés.

Se glissant sous sa couette, le monstre s'est enroulé autour de la jeune femme un peu comme le ferait un poulpe qui emprisonne un crabe à l'intérieur de ses nombreux tentacules.

Incapable d'échapper à son emprise, Kate, pieds et poings liés par l'immonde créature s'est vu installée sur son lit comme une étoile de mer. Le monstre s'est ensuite confortablement installé devant elle faisant surgir d'entre ses *jambes* une épaisse et brumeuse colonne de fumée sombre. Un pénis de fumée. Solide.

Prenant sans discours la belle, ses assauts parfaitement répétés et incessants conduisent la jeune femme avec honte à avoir un orgasme.

« *Comment puis-je jouir alors que l'on me viole ?* »

Mais ce n'était qu'un cauchemar, et quelque part dans un coin de son esprit, Catherine en avait conscience. Une faible parcelle d'elle a trouvé la force de dire : ce n'est qu'un rêve.

« *Alors, laissons-nous aller.* »

La créature de fumée noire a senti que la belle était soudainement consentante au traitement qu'il lui infligeait. Aussi l'installa-t-il violemment à quatre pattes, puis grâce à un nouveau tentacule de fumée, fit une queue de cheval avec les cheveux de la déesse sans défense.

Une poignée. Il a fait une poignée avec mes cheveux. Ce que veut ce pervers, c'est me tirer vers lui avec force.

Ce qu'il fit en silence. Encore. Encore. Et encore plus fort.

« *C'est bon*, pensa Kate. *J'ai honte de me laisser abuser comme une petite traînée, mais ce n'est qu'un rêve et ce démon… est si doué…* »

Enveloppant ses seins dans sa brume, le démon s'en donne à cœur joie. Catherine avait soudainement l'impression d'être baisée par plusieurs hommes à la fois. Ses mains, ses pieds, ses seins, ses cheveux, chaque millimètre de son corps étaient sollicités. Et abusé.

« *Seul un groupe d'hommes pourrait me faire subir ça. Ou un démon très puissant.* »

C'est après avoir joui pour la quatrième fois que la belle aperçut une forme étrange flotter au-dessus d'elle. Un dessin. Rien à voir avec la créature.

Catherine en levant la tête et en trouvant la force d'entrouvrir les yeux malgré le plaisir sadique qu'elle prenait à se faire utiliser par le démon, observa la forme qui flottait au-dessus d'eux. Une forme connue.

Une croix tribale à quatre branches avec des petites pointes de flèches entre chaque espace. Le tatouage d'Elisha.

C'est le tatouage que maman a sur son épaule gauche. Elle appelle cette croix, la *rose des vents*. Une boussole d'après elle, pour ne jamais se perdre. Toujours avoir un objectif et foncer droit vers lui. Ne pas s'écarter du chemin.

« Ne vous laissez pas distraire », disait madame Anders.

Mais le démon a vraiment envie de baiser et ses assauts sont de plus en plus violents à chaque fois. Se solidifiant davantage, il forme une main.

Presque un bras humain avec lequel il agrippe le doux visage de la belle pour lui serrer les joues avec force.

« *Il me fait mal* », pensa Kate.

La bouche en cul de poule de la jeune femme, dessine un passage idéal pour un nouveau tentacule solide.

Une deuxième bite. Elle entre dans sa bouche. Et fonçant d'avant en arrière, semble déterminée à atteindre le fond de sa gorge.

La salive dégoulinante de Kate, enduit sa jeune et ferme poitrine, qui peut aussitôt ressentir le froid de la bave glacée.

C'est drôlement réaliste comme rêve, se dit-elle, alors que deux nouveaux pénis atteignent ses mains pour être branlés avec vigueur.

Le rêve n'est plus du tout agréable. Et Kate veut se réveiller.

Mais le démon parle soudain.

Avec lenteur, calme et élégance.

— Tu n'en es qu'à tes balbutiements, jeune fille… tu es capable de faire beaucoup mieux que cela…

— Mieux ?

— Oh oui… ce dessin au-dessus de nous… il t'appelle… il veut se poser sur ta peau…

— Pourquoi ? Je ne suis pas ma mère !

Le démon rit à en perdre haleine, en observant bien, on jurerait que la bête a formé un visage et une bouche dont sort une épaisse fumée à chacune de ses paroles.

Collant ce *visage improvisé* à celui de Catherine, le démon, sans ralentir ses assauts, murmure à l'oreille de son amante.

— Tu es… bien plus forte… que ta mère…

— Je ne comprends pas.

— C'est pourtant simple… le démon du sexe qui habite votre famille… c'est moi… je ne suis jamais parti bien loin… j'ai attendu… que tu sois prête.

— Prête pour quoi ?

— Prête… pour que je puisse t'approcher et… te libérer de tes dernières barrières…

— C'est de ça dont ma mère parlait à mon père ! Qu'elle avait ça au fond d'elle, un appétit sexuel hors du commun !

— Un appétit sexuel ordinaire… suffit à attirer le démon… mais ta grand-mère… ta mère ensuite… et maintenant toi… êtes celles qui m'ont le plus fait honneur… MAINTENANT, RÉVEILLE-TOI !!! ET FAIS-TOI TATOUER LA MARQUE !!!!

Après un réveil en sursaut et… une culotte trempée bonne à mettre au sale, Catherine ouvrit les yeux, toujours positionnée en étoile de mer.

« *C'est la position que j'avais en m'endormant*, pensa-t-elle. *Ce rêve… était fou.* »

Et réaliste.

Ses poignets et chevilles, inexplicablement douloureux, réussirent presque l'espace d'une seconde à faire croire à la jeune femme que tout ceci s'était vraiment produit.

Tyler.

« *C'est parce que Tyler n'est pas là que je fais des cauchemars.* »

Catherine prend une douche, s'habille en fonction de la météo (ni trop sexy, ni pas assez).

Un débardeur et un jean accompagnés de baskets blanches.

— Ça va ! On ne va pas m'accuser d'être aguicheuse aujourd'hui ? lance-t-elle à haute voix.

Catherine n'a plus qu'une seule certitude en cet instant.

Il me faut un tatouage.

Devant la devanture du salon, Catherine tient toujours fermement à deux mains la bandoulière de son sac à main.

« *Il paraît que suis plus forte que ma mère ? Ils vont tous voir !* »

37. Conciliabule.

À Miami en cette matinée d'octobre, le soleil semble s'être lancé un challenge simple.

Brûler le monde.

Le mois le plus tempéré de l'année, prend tout à coup des allures de canicule.

L'imposante table de réunion en bois noir satiné est recouverte des cravates des hommes présents dans la salle.

Michael, Peter, Fabio, Ethan, accompagnés d'Andrea, Elisha, Vinnie et Britney.

La salle de réunion de la villa Safioti est prévue pour accueillir environ vingt personnes. Mais les huit qui se trouvent ici aujourd'hui réussissent à mettre une tension équivalente malgré leur petit nombre.

— Putain… soupire Michael. Quelle chaleur… si ça ne dérange personne, on va tâcher d'aller à l'essentiel.

— Ça me va, dit Fabio. D'autant plus que je serais bref.

— Envoyez la sauce, cher ami ! s’exclame Peter.

— Quelle sauce ? demande Vinnie.

— Façon de parler, répond Peter.

— Distingués membre du conseil… commence Fabio.

— Non, vraiment ! dit Michael. On fait court ! Tu veux quoi ?

— OK… Ethan, mon fils, m’a fait part de son envie de me succéder en tant que pilier du clan Safioti.

Le rire tonitruant de Michael atteint les nuages.

— Refusé ! hurle le don. C’est tout ? Alors on se casse ! Je veux une Margarita bien fraîche…

— Attends ! dit Peter. Je voudrais savoir ce qui a bien pu motiver cette idée.

— On s’en branle ! dit Michael. C’est une simple idée à la con pour rentrer plus rapidement aux États-Unis, c’est ça ? J’ai promis à mon frère que vous alliez rentrer au pays si vous restez peinards. Et c’est pour bientôt. Mais si vous me poussez au cul, vous annulerez les efforts que je veux bien faire !

— Ce n’est pas pour ça, dit sèchement Ethan.

— C’est pourquoi alors ? demande Michael.

— C’est pour ma femme, dit Ethan.

— Ta femme ? s’exclame Peter.

— Ta femme ? s'exclame Michael.

— Ta femme ? s'exclame Fabio.

— Ta femme ? s'exclame Vinnie.

— Ta femme ? s'exclame Elisha.

— Ta femme ? s'exclame Andrea.

— Ta femme ? s'exclame Britney ?

Tous les regards se tournent vers la jeune et sexy métisse.

— Je veux dire, non ! Je le savais ! Sa femme oui !

— Je compte me marier avec Britney, elle a tout quitté pour être avec moi et je lui ai promis un train de vie de princesse, mais ça ne sera possible ni au Mexique ni si je reste loin du business familial.

Silence.

— Tu veux devenir un des quatre piliers parce que tu as promis à ta gonzesse qu'elle serait la femme du prochain *Scarface* ? dit Michael. C'est bien des conneries de gamin ça… non, mais on est où là ? Et moi je suis censé te nommer pilier du clan sans broncher ? Juste pour faire plaisir à ta copine ?

— Il n'y a pas que ça, dit Fabio. Ethan m'a fait remarquer, que nous avions tous des enfants. Et que nous avions les moyens de créer un nouveau conseil des quatre.

— Putain… sans blague ? Hurle Michael. Je le sais déjà ! Si j'avais eu envie de créer un nouveau conseil ; ça serait fait depuis longtemps. Mais il y a plein de business en cours, beaucoup de travail à accomplir et nos enfants ne sont pas prêts !

— Stephen est prêt, dit Peter.

— Stephen ? Hurle Michael. Il est flic !

— Comme je l'étais, dit Elisha.

— Et entre nous, intervient Andrea. Un garçon qui veut devenir le roi pour faire plaisir à sa reine… ça ne te rappelle pas l'histoire d'un autre jeune couple ?

— Chérie… soupire Michael. Ça n'est pas la même chose, nous étions beaucoup plus matures !

— J'ai une blessure à l'estomac qui dit le contraire, ajoute Peter.

— Putain… la blessure… je vais le payer toute ma vie le coup de la blessure…

Un coup de poing sur la table de la part de Vinnie fait retomber le silence et le calme dans l'imposante et non moins *rétro* salle de réunion.

— C'est quoi les machins aux murs ? demande Ethan afin de briser le silence.

— Des interrupteurs, dit Peter.

— Des quoi ? demande le jeune garçon.

Nouveau silence gêné. Contre toute attente, Vinnie qui porte très élégamment un costume noir deux-pièces avec cravate se lève de sa chaise.

Musclor dénoue le ravissant morceau de tissu noir qui entoure son cou et le pose délicatement sur la table, sous les regards incrédules et écarquillés de l'assistance.

— Si on revenait à nos moutons ? demande madame muscle. Je suis déjà le membre la plus jeune de mon clan, je ne peux donc pas être remplacée. Ensuite ?

— Mon fils a l'âge et l'expérience adéquate, dit Michael. Enzo Sainte-Rose est le fils du don en place, aussi, un siège lui revient de droit ce qui ferait de Steve Sainte-Rose son premier exécuteur s'il le souhaite. Cela convient-il à ses parents ?

— Oui.

— Oui.

— Parfait, dit Fabio. Je suis moi-même disposé à donner mon siège à mon fils.

— Et Catherine ? demande Elisha. Peut-être qu'elle aussi aimerait devenir un des quatre piliers du clan ?

— Kate ? Il en est hors de question, dit Peter. Tu as déjà oublié toutes nos conversations ?

— Toutes nos conversations n'ont mené nulle part, dit Elisha. Notre fille fonce tout droit dans la direction dans laquelle nous ne voulions pas qu'elle aille.

— Deux garçons. Deux filles, dit le don. Si on arrive à dresser un listing, je veux bien envisager la création d'un nouveau conseil même si je suis manifestement le seul qui ne voit pas en quoi ce serait génial.

— Des vacances, murmure Andrea.

— J'ai une idée rigolote qui me vient tout à coup, dit Michael. Et qui va contenter tout le monde. Ce que je vais dire à présent est irrévocable. J'annonce les noms du nouveau conseil des quatre.

Vinnie Torelli, représente le clan Torelli.

Enzo Sainte-Rose représentera le clan Safioti.

Stephen Sainte-Rose représentera le clan Sainte-Rose.

Et Britney... Dunham... – c'est bien ça ? – représentera le clan Gara !

— Quoi ? hurle Britney.

— Quoi ? hurle Ethan.

— Quoi ? hurle Fabio.

— Quoi ? hurle Peter.

— Quoi ? hurle Elisha.

— Je n'ai pas suivi... de quoi ? dit Vinnie.

— Trop classe ! hurle Andrea. Bonne idée chéri !

— Eh bien oui, bande de cons ! dit Michael. Puisque vous voulez tellement avoir un nouveau conseil, le voici ! Ça ne chamboulera pas beaucoup le business en fin de compte puisque nous serons quand même là pour chapeauter nos enfants en coulisse.

— Mais pourquoi Britney ? Hurle Fabio. C'est mon fils qui devait récupérer mon siège !

— Nan ! lâche Michael. Ton fils ne devait rien récupérer du tout. Il a proposé une idée. Je l'ai trouvée nulle et j'ai subitement réalisé qu'après tout, nommer un nouveau conseil un peu en avance n'était pas du tout gênant. Et cette très, très charmante fillette, sera j'en suis certain, une excellente marraine du clan Gara ou Argento… ça dépendra du nom qu'elle lui donne, après tout, la nomination est à effet immédiat, la nouvelle ma peut bien faire tout ce qui lui chante !

Il n'existe rien de plus lourd au monde que le poids des regards d'êtres humains qui viennent subitement de remettre tous leurs espoirs sur les épaules d'une seule personne.

C'est ce que ressent la pauvre Britney, blanche comme de la porcelaine qui ne peut plus articuler un mot ni effectuer le moindre mouvement.

Elle pleurerait certainement si elle avait la chance de se souvenir comment on fait.

— Pas d'inquiétude à avoir, s'exclame Andrea enjouée. Je suis arrivée à la tête du clan Safioti presque dans les mêmes conditions ! Sais-tu que j'ai brièvement été la Ma du clan ? Sans aucune expérience, aucune. Et pourtant je ne me suis pas si mal débrouillé ! J'ai eu la chance d'avoir les amis qu'il fallait...

— Merci, dit Elisha en faisant un clin d'œil.

— J'admets que… je ne l'avais pas vu venir celle-là dit Peter. Mais en tant que N° 2 du clan, je valide cette décision.

— Tu n'es plus le N° 2, dit Michael, c'est ton fils !

— Ah oui… c'est le temps que je m'y fasse, dit Peter.

— La ma du clan Gara… bredouille Britney. La Ma du…

La jeune femme, tombe à la renverse, il n'y a soudain plus de son ni d'image. Seuls les réflexes d'Ethan évitent une vilaine chute à la demoiselle.

— Jolis réflexes ! dit Michael.

— Pas le choix, bredouille Ethan. J'ai rattrapé notre nouveau boss…

38. Renaissance.

Quand Emmerich contemple son jeune et frêle modèle, deux choses :

Il semble ravi de la beauté du dessin qu'il vient de réaliser.

Et il a une érection.

— Ce n'est pas très élégant, dit Catherine en constatant la *forme* de l'artiste.

— Pardon, mademoiselle… mais vous avez passé toute la séance à gémir comme si quelqu'un vous faisait l'amour… ça n'a pas été facile de rester concentré.

Emmerich Verhoeven, âgé de cinquante-sept ans, est un vrai professionnel. Et il peut l'affirmer sans exagérer, il a tout vu.

Il a apposé sa marque sur des pubis, des anus, des seins, des pénis, des épaules, des torses, des genoux, des cous… en fait, il a tatoué tout le corps humain.

Emmerich connaît probablement l'anatomie humaine aussi bien qu'un médecin.

Pourtant quand un ravissant petit lutin aux longs cheveux noirs et à la poitrine agressive, aux hanches fines et douces et à la bouche pulpeuse se couche sur le fauteuil de son salon, l'homme expérimenté se surprend encore parfois à avoir une gaule d'enfer.

— Vous êtes… un vrai petit canon dans votre genre !

— Vous trouvez ?

— Il faudrait être aveugle pour ne pas vous remarquer. Comment trouvez-vous le dessin ? J'ai respecté votre demande en mélangeant les tatouages de votre mère et de votre petit ami. Un trèfle à trois feuilles à l'intérieur d'une croix tribale à quatre branches, le tout accompagné d'une petite étoile métallique au centre, représentant une boussole.

Catherine se lève lentement puis se place entre les deux grands miroirs situés au fond du salon. La déesse se contemple dans son entièreté. Elle s'admire. Elle est belle. Tellement belle.

Même son tout nouveau et très étrange cheveu sur la langue ne parvient pas à lui enlever son charme.

— Le dezin est magnifique, Emmerich. Vous zête… un véritable artiste.

— La hanche est une zone discrète, seul votre amoureux pourra le voir sauf si vous mettez un bikini.

— C'est parfait. Absolument parfait. Ce dezin a aidé ma mère à y voir clair quand elle était zeune et un peu paumée. Pour moi, il zymbolise une renaissance. Le pazage à l'âge adulte. Et l'acceptation de mon destin.

— Gardez le pansement pendant une heure. Puis nettoyez votre tatouage tous les jours avec du gel douche, croyez-moi sur parole, c'est amplement suffisant. Il va rester en relief pendant peut-être une semaine ou deux, puis dégonfler. Continuez à le nettoyer jusqu'à ce qu'il n'y ait plus la moindre trace d'encre superflue.

— Et pour ce qui est de mon piercing à la langue ? Ze vais zozoter longtemps ?

— C'est totalement aléatoire selon les personnes. Un jour, deux semaines, un mois…

— Ze vois…

— Tatouage plus piercing, ça fait 250 $.

— Et pour couronner le tout, vous n'êtes pas cher !

— Il y a des gens sympathiques avec qui on a envie d'être commerçant, dit-il, souriant. Si dans le futur, vous désirez un autre tatouage, ou un nouveau piercing. Je serais ravi de m'en charger.

— Merci Emmerich.

— Ne me remerciez pas. Le business avant tout !

— Et moi qui pensais vous avoir tapé dans l'œil.

Pendant ce temps, dans une des nombreuses chambres d'ami de la villa Safioti, Fabio Argento fait les cent pas en espérant que cela l'aidera à digérer les émotions fortes du matin.

Le fiasco comme il l'appelle, lui a laissé un goût amer.

Pourtant tout n'est pas si noir.

En quittant la salle de réunion, Michael a annoncé une merveilleuse nouvelle. La nomination du nouveau boss du clan Gara rend caduque la décision d'exil, autorisant la famille américaine à réintégrer son pays d'origine.

Un rêve de vingt ans. Enfin concrétisé. Mais seulement en partie au vu de certains.

— C'est un cauchemar… rumine Fabio. Non pire ! C'est du foutage de gueule !

— Papa… on a eu ce qu'on voulait non ? Rentrer au pays.

— Oui, mais pas comme ça, bordel ! ne me dis pas que tu es satisfait ?

— J'en sais rien papa. Je m'en foutais de devenir le quatrième pilier. C'était le moyen le plus simple de nous réhabiliter. Et nous y sommes parvenus sans bagarre, sans avoir à tuer qui que ce soit, et putain, cerise sur le gâteau, sans cracher une thune ! En fait, vu de ma fenêtre, c'est une immense victoire sur le clan Sainte-Rose.

Après un long silence, le ton redescend. Fabio, calmé, se sent désormais léger comme une plume, le regard empli de fierté, il se tourne vers son fils.

— Tu as mûri, fiston. Je me sens largué. Dépassé. Peut-être qu'après tout, tu avais raison sur toute la ligne. Il était grand temps de rajeunir le conseil. Même ce prétentieux de Michael s'en est rendu compte. Je suis forcé de l'admettre mon fils, tu m'as cloué le bec.

Depuis le temps qu'Ethan attendait d'entendre ces mots dans la bouche de son père, le jeune garçon ne peut pas contenir toutes les larmes de joie commandées par ses yeux. C'est avec le regard humide que le jeune homme enlace tendrement son père. Les deux hommes se tapant mutuellement le dos.

— Il ne reste plus qu'à régler la question de ta copine. Lui enseigner tout ce qu'on sait. Faire d'elle un boss digne de ce nom, d'ailleurs où est-elle ?

— Avec Andrea. Elle a décidé d'emmener Britney faire les boutiques afin qu'elle ait une garde-robe correcte.

— C'est bien une idée de gonzesse…

— Oui et non. Les autres familles vont bientôt apprendre notre remaniement et quand Britney se retrouvera en présence d'anciens taulards en rut balafrés de la tête aux pieds et défoncés à la coke… le moindre détail qui la décrédibilisera en tant que chef mettra fin à toutes nos opérations.

— Mike le sait bien ça… il nous lance un défi.

— Il veut qu'on se plante ? Pourquoi ?

— Parce que c'est un sale con ! Et qu'il considère dans sa petite tête que nous l'avons poussé au cul pour rentrer plus vite aux États-Unis. Du coup, il nous inflige une pénalité en quelque sorte.

— Je vois… *Je vous laisse rentrer, mais avec un handicap.*

— Tout juste.

— Ce n'est pas cool de ta part de considérer Britney comme un boulet. C'est ma future femme et je peux te dire qu'elle est loin d'être conne. En fait si on la forme bien, elle peut même devenir une authentique petite saloperie.

— Espérons-le. Parce que nous rencontrons bientôt les *Black Guns* de Miami et Black Dog, leur chef, n'en aurait que pour deux secondes à attraper ta nénette et l'installer à poil sur le crochet d'un palan dans son horrible garage. Je te laisse imaginer la suite.

— Tu as déjà organisé le rendez-vous ?

— J'avais pris les devants au cas où Michael nous enverrait chier, je me suis dit qu'une fois sur place, nous pourrions au moins faire un peu de business.

— Bien vu.

— Prends-en de la graine. En tant que futur mari de notre ma, ce sera à toi d'avoir ce genre d'idée à l'avenir.

Finalement, une semaine se passe. Emmerich avait raison, le zozotement de Kate a disparu. Et le climat d'Oxford retrouvé semble donner la pêche à la beauté brune. Tyler et sa belle enfin réunis, profitent d'un très chaud moment de tendresse alors que la déesse à genoux sur le lit de son amoureux, lui dévore goulûment l'entrejambe.

Peu de gens savent que lécher la zone périphérique des organes sexuels est presque aussi excitant pour le partenaire que de lécher l'organe lui-même. Bon nombre de gens deviennent fous quand ils reçoivent des petits coups de langue dans la région de l'aine.

Tyler a bien du mal à garder l'esprit clair tant les petits lapements de langues coquins de Catherine le rendent dur comme la pierre.

Un élément étranger nouveau se fait sentir. Quelque chose de dur et de petit. Rond comme une perle. Tyler manque de jouir à chaque nouveau coup de langue.

— Je vais devenir fou, Kate… continue…

— Autant y aller à fond dans ce cas…

Catherine, comme affamée, dévore le pénis de Tyler. Et alors que le généreux chibre lui remplit la bouche, la belle utilise sa langue avec compétence et profite de sa nouvelle arme secrète.

— C'est trop bon, mon amour… je vais exploser ! Pousse-toi !

Prenant deux secondes pour arrêter son œuvre, la déesse au regard coquin, annonce fièrement qu'elle va avaler le jet amer, chaud et glaireux de son amant.

— Catherine… non ! Tu n'as jamais fait ça ! Tu risques de vomir…

— Greulax ! dit-elle en avalant entièrement le membre gonflé de plaisir.

Tyler attrape à deux mains la tête de sa princesse pour l'écarter de lui, mais rien n'y fait. La beauté brune tient fermement les fesses de Tyler ce qui la maintient en place.

« *Tu vas exploser dans ma bouche*, pense-t-elle. *Relax, laisse-toi faire.* »

La brûlure au bout de son pénis, enlève ses dernières forces au garçon qui ne peut plus contenir le fluide. Et dans un râle quasi préhistorique, Tyler, au risque de se casser les cordes vocales, hurle à en effrayer tout l'écosystème environnant.

Catherine, dans un calme olympien, avale l'épaisse et immonde soupe gélatineuse. En fait, à sa grande surprise, ça n'a aucun goût. Chaud et visqueux, le liquide disparaît au fond de sa gorge aussi vite qu'il est arrivé.

Deux secondes. C'est le temps qu'il faut pour vaincre un homme. Tyler à demi mort, a lâché la tête de Kate qui le regarde avec amusement.

— Il n'y avait pas de quoi en faire un plat, dit-elle en riant.

— Quoi ?

— *Un plat* tu as compris ?

— Nom de dieu, bébé… tu es devenue folle ou quoi ?

— Nan ! Seulement… différente. Pourquoi ai-je l'impression que ça te choque ?

— Parce que c'est le cas. Tu n'es plus la beauté froide ultra timide dont je suis tombé amoureux il y a deux ans.

Un coup de poignard en plein cœur fait probablement moins mal que ces mots.

— Que veux-tu dire au juste ? s'inquiète la jeune femme, la poitrine serrée et le cœur noué.

— N'aie pas peur. Je m'exprime mal, dit-il en s'asseyant sur le lit. Je veux dire que toi et moi avons grandi durant cette période. Toi, sûrement plus que moi.

— C'est parce que tu avais moins de choses que moi à apprendre…

— Peut-être… comprend bien ce que je te dis, chérie, je t'aime. Je t'aime pour toujours. Il n'existe rien sur terre qui peut nous séparer. J'ai parfois l'impression que nous sommes *fusionnés*.

— Fusionnels, tu veux dire ?

— Non, fusionnés. Toi et moi, nous ne faisons plus qu'un. Et pour toujours.

— Je t'aime tellement Tyler !

— Moi aussi je t'aime. Cette semaine sans toi m'a paru tellement longue. Et je sais que je te l'ai déjà dit, mais… j'adore ton tatouage.

— C'est un homme très talentueux qui l'a fait.

— Avec un modèle comme toi, n'importe qui ferait de l'art.

39. UN MONDE NOUVEAU.

1er novembre 2047.

Le monde d'hier a disparu. Laissant la place à un nouveau, bâti sur les solides bases du sexe et de l'amour inconditionnel.

Un bref rappel des troupes permet de vérifier cette période heureuse. Les couples sont désormais légion.

Catherine et Tyler.
Ethan et Britney.
Elisha et Peter.
Andrea et Michael.
Fabio et Miranda.
Enzo et Jenna.
Vinnie et Charles
Stephen et… pour l'instant, personne d'officiel.

Le jeune homme encore fraîchement nommé, premier exécuteur du clan Safioti, parvient difficilement à concilier ses deux vies.

N° 2 d'un clan mafieux et agent du FBI.

Le seul moyen pour Stephen de jouer efficacement sur les deux tableaux serait précisément de ne pas avoir à le faire.

« *Une femme*, pense Steve. *Il me faut une femme* ». Et celui-ci sort déjà avec deux filles en même temps. Megan Parker et Lorie Castle Mac Cormack Ramirez (sa mère s'est mariée trois fois). Deux jeunes femmes aux multiples talents et qui, quand elles ne se comportent pas en folles délurées, ont plutôt la tête sur les épaules.

— Megan est diplômée en génie informatique et Lorie travaille comme architecte.

— Vraiment ? demande Peter en servant un cocktail à son fils.

— Sérieux ? Un p'tit punch ? À 11 heures du matin ?

— Dans une heure, il sera midi non ?

— C'est pas faux, dit le garçon en prenant son shot. Je ne sais plus quoi faire… je dois en choisir une alors que j'aime les deux.

— Fiston… tu aimes vraiment les deux, aussi fort l'une que l'autre ?

— Putain… oui !

— Alors, t'es dans la merde.

— Merci beaucoup, papa, ça m'aide énormément ce que tu dis ! soupire le jeune homme.

— Désolé mon vieux, mais je ne fais que dire la vérité. C'est une situation un peu inédite, je n'ai jamais rien vécu de tel et suis bien incapable de t'aider.

— Papa… je sais que tu es brièvement sorti en même temps avec maman et tante Andrea quand vous étiez jeunes… un genre de plan à trois…

— Putain d'internet ! oui, je suis bien sorti avec deux filles en même temps, mais attention ! L'une était la Ma du clan et l'autre… sa seconde exécutrice… dit-il souriant.

— Bon sang ! Mais c'est bien sûr ! Voilà la solution ! Megan sera la femme du premier exécuteur et Lorie sa seconde exécutrice !

— Le mot que tu cherches c'est : *merci*.

— Merci papa ! s'exclame Stephen.

— De rien, fiston, c'est toujours un plaisir, sourit Peter.

Ailleurs, dans ce qui a été la villa de Marco Gara, dans la ville de Jacksonville, la nouvelle marraine du clan des serpents, a eu quelques jours pour prendre ses marques.

En cet instant, elle désire prendre autre chose.

— Britney ! Putain ! S'il te plaît, ne fais pas ça ! hurle Ethan attaché à un lit et sur le ventre.

Alors que l'asticot remue sur l'imposant mobilier de chêne marron clair à baldaquin, Brit s'approche très délicatement des fesses du jeune homme en suçant lentement son majeur.

— Relax, dit la jeune ma. Je te devais encore un doigt dans le cul, tu te souviens ?

— Chérie ! Je regrette ! Je te jure que je regrette ! Je suis désolé d'accord ? J'étais un peu perdu à cette période, je ne savais plus ce que je faisais !

— Détends-toi. Ça passera beaucoup mieux si tu te calmes. Crois-moi. Je sais de quoi je parle.

— Brit non !

— Allons-y… dit-elle en titillant très délicatement la zone périanale d'Ethan.

Alors qu'elle lui masse tendrement l'orifice afin de mettre de la salive partout, Britney décide soudain de fourrer sa langue là-dedans.

Ce qu'elle fait sans oublier d'agripper le sexe durcit d'Ethan qui étrangement, ne se débat plus.

— Nom de dieu ! s'exclame la reine. Quelle trique ! Ça t'excite d'être attaché on dirait ! Ou bien est-ce… de te faire lécher le trou de balle qui te plaît autant ? Je pense qu'on va passer plus vite que prévu à la pièce de résistance.

Britney entre en douceur son doigt dans l'anus d'Ethan qui, malgré son côté macho, semble prendre un pied d'enfer. Mais la fierté du garçon l'empêche de l'admettre.

— Eddy… n'aie pas honte de bander comme un taureau alors que je te titille le fion. Une bite aussi épaisse… et dure… que la tienne, mon dieu… je pourrais en faire mon petit déjeuner.

La jolie métisse enlève les deux paires de menottes qui maintenaient son compagnon attaché sur le ventre, celui-ci, inondé par l'amour et une curieuse béatitude, enlace sa chérie comme si elle était le plus précieux des trésors.

Tous les deux en position du lotus, et enlacés l'un contre l'autre, les amants s'embrassent avec passion puis… ne font plus qu'un. Le gémissement de la jeune reine le confirme à Ethan. La chaleur qui enveloppe son sexe aussi. Il est en elle. Alors, il donne un léger coup avec son bassin accompagné par le chant du plaisir de la belle.

Un autre coup. Puis un autre. Puis un autre. Puis un autre…

— Tu sais… que je t'aime… comme un fou ? dit Ethan.

— Ah bon… ? Je ne sens rien…

— Je te dois un léchage d'anus maintenant.

— Quoi ? s'exclame la jeune femme avant de se retrouver brusquement à quatre pattes.

Moins d'une seconde plus tard, quelque chose de chaud et gluant pénètre l'orifice de la jeune femme qui perd instantanément toutes ses forces.

— Oh ! C'est si… si… oh c'est si bon, dit Britney.

— Tu veux autre chose que mon doigt et ma langue ? demande fièrement Ethan en astiquant son manche.

— Ta bite… mets la vite dans mon cul !

— Ouah ! Comme ça subitement ?

— Je suis la Ma du clan Gara ! Je ne peux pas diriger un gang si j'ai peur de me faire sodomiser par mon petit-copain.

— Vu comme ça… dit-il en mouillant son gland avec ses doigts couverts de salive. Allons-y alors…

— Je t'aime Eddy !

— Moi aussi je t'aime Brit ! On va leur montrer qui on est !

À Miami, Stephen Sainte-Rose a réuni ses deux petites amies pour une réunion *informelle*.

— *Informelle ?* demande Megan.

— Oui, répond Steve. C'est genre… on discute quoi !

— Et tu veux discuter de quoi ? demande Lorie.

— Commençons par le commencement… depuis combien de temps se connaît-on tous les trois ? Cinq ans ?

— Six ans, dit Megan. Depuis cette soirée en discothèque.

— Le concours de T-shirt mouillé... oui, je m'en souviens comme si c'était hier. On ne s'est plus quittés depuis ce soir-là et depuis on vit un parfait ménage à trois. Mais une nouvelle épreuve va venir légèrement noircir le tableau. Vous savez que je viens d'être nommé premier exécuteur du clan et qu'en parallèle, je suis agent du FBI. Pour le moment, je suis incapable de choisir dans quelle famille je veux rester. Le clan Safioti ou les flics. J'aime les deux et je suis aussi efficace dans l'une que dans l'autre. Pour continuer à concilier mes deux activités, je vais avoir besoin de vous deux.

— Qu'est-ce que tu attends de nous ? demande Lorie.

— Vous deux, allez devoir me seconder en tant que femme du premier exécuteur et seconde exécutrice.

— Admettons, dit Megan. Tu vas devoir demander à Enzo Sainte-Rose, ton cousin, de valider ton choix.

— Mon cousin, comme tu dis, est en ce moment même en train d'expliquer à Jenna Bowman, sa petite-amie, qu'elle va devoir épouser le nouveau Marlon Brando ; croyez-moi sur parole les filles, Enzo est dans la même merde que moi.

40. La promesse.

Finalement, quelque temps plus tard et malgré le chemin hasardeux que semblaient prendre les événements, tout rentra dans l'ordre.

Stephen réussit à convaincre Megan et Lorie de devenir ses acolytes et femmes au sein du clan Safioti tout en conciliant sa mission d'agent du FBI.

Enzo, le presque-frère de Steve, demanda Jenna Bowman en mariage sans plus de négociations. Le nouveau roi ne s'imaginait pas gouverner un royaume sans reine à ses côtés.

En fait, le secret de la réussite résidait dans l'entraide que ces filles ont bien voulu mutuellement s'apporter.

Britney, Jenna, Megan et Lorie.

Ces quatre-là formèrent un parfait petit groupe de l'ombre, les vraies gérantes du clan en quelque sorte, à l'esprit bien plus avisé que celui de leurs maris.

Lorie devenue seconde exécutrice, ne supporta pas le mariage de Steve et Megan et finit par quitter le clan. Elle qui ne pensait pas être un jour frappé par la jalousie qui abîmerait leur parfait ménage à trois, s'était lourdement trompée. Et partager l'homme que l'on aime avec le sentiment soudain de n'être qu'un second choix s'est tout simplement avéré impossible.

Aucune parole de Steve n'aurait pu la convaincre du contraire.

— Il fallait en épouser une de nous deux et tu as fait ton choix, a dit Lorie.

— Mais je vous aime toutes les deux, autant l'une que l'autre ! a répondu Stephen,

— Peut-être... mais en l'épousant, tu l'as placée au-dessus de moi.

— Megan ne serait pas partie si je t'avais épousée à sa place.

— Bien sûr que si.

Sur un autre continent, Catherine Sainte-Rose n'en finit plus de faire des progrès, aussi bien en photographie qu'en rédaction, pour la plus grande fierté d'Éric et Garrett qui semblent voir la jeune femme grandir comme si elle était leur propre fille.

Tyler de son côté, étudie toujours l'astronomie. Ses bons résultats lui ont valu un poste au sein de l'observatoire *Georges Biddell Airy*, nommé ainsi en hommage au mathématicien, astronome, géodésien et physicien anglais.

Puis, vint le dernier jour de cours suivi de la remise des diplômes de chaque élève dans leurs spécialités.

Des diplômes prestigieux qui sont à leurs tours les clés de nouvelles portes à ouvrir.

Certains préfèrent continuer leurs études pour les pousser plus en avant, d'autres se lancent dans la vie active et décident de parfaire leurs connaissances sur le tas.

— On a fait un drôle de voyage tous ensemble, pas vrai ? dit Éric Marsden, souriant.

— Pourquoi dites-vous cela ? demande Catherine.

— L'apprentissage, répond Garrett. Il y a une expression qui dit que le maître apprend tout autant que son élève.

— Et c'est vrai ? demande la beauté brune. Vous avez appris des choses ?

— Oui, répond Éric. J'ai appris que justement, tout peut s'apprendre. Il ne suffit pas d'avoir des dispositions ou de travailler huit fois plus dur que les autres. On peut tout apprendre en y mettant notre cœur. Notre âme tout entière.

— Notre âme... murmure Catherine.

— Vous savez ce qu'est l'âme, mademoiselle Sainte-Rose ? demande Garrett.

— Pas vraiment... de ce que j'en sais, c'est plutôt une idée, un concept...

— Et vous êtes d'accord avec ça ?

— Non. Ma famille, elle en a trop subi, trop vécu pour que je puisse nier que mes parents, mon frère, ma sœur ou moi avons une âme. Tapie, tout au fond de notre être.

— Et de quoi s'agit-il alors ? demande Éric.

— Je pense que l'âme, ce n'est ni plus ni moins que notre identité. Notre vrai *nous*. On vient au monde avec, ce n'est pas quelque chose qu'on peut s'acheter, on nous en fait cadeau le jour de notre arrivée sur terre. Et ce *je ne sais quoi* de mystique, ce... ce karma, en quelque sorte, définit la personne que nous sommes. Et surtout, on ne peut pas en changer quand ça nous plaît. On doit vivre avec, se débrouiller avec ce qu'elle contient de beau ou de mauvais et au final, faire en sorte de ne pas avoir vécu pour rien. Laisser une trace sur le monde.

Un long silence illuminé par des sourires vient clôturer cette petite conversation.

— Vous allez me manquer. Mademoiselle Sainte-Rose, dit Éric. Je me sens capable d'enseigner n'importe quoi à n'importe qui désormais. Vous connaissez déjà vos futurs projets ?

— Pour être honnête, j'ai prévu de me reposer un peu avec mon chéri. Partir en vacances. Puis à mon retour, j'ai l'intention d'intégrer l'équipe du VORTEX.

— Le VORTEX ? Mon dieu... c'est l'un des plus importants journaux de Londres. Ils sont très sélectifs dans le choix de leurs envoyés spéciaux. Avez-vous besoin d'une lettre de recommandation ?

— Non, professeur. C'est gentil, mais... ici, nous ne sommes pas en Amérique, pas besoin de recommandations. J'ai envie de me débrouiller toute seule. Si j'ai les compétences nécessaires, ils s'intéresseront d'eux-mêmes à mon profil. Sinon, tant pis pour eux ! Ils manqueront peut-être une de leurs nouvelles meilleures journalistes, dit-elle en faisant un clin d'œil aux deux hommes.

— Je vous souhaite bonne chance pour la suite, dit Garrett. Et si vous avez besoin de conseils en matière de photographie, n'hésitez pas à m'appeler, d'accord ?

— Bien sûr ! Avec un de ces machins-là, un... un té-lé-phone, j'arrive bien à le dire maintenant.

La terre tourne. Les terriens évoluent.

Britney Argento dirige le clan des serpents d'une main de fer, sous l'œil attentif d'Ethan qui semble l'aimer plus fort à chaque seconde qui passe. Ces deux-là se sont trouvés, et leur romance ne fait que commencer.

Enzo s'est vite acclimaté à son nouveau rôle de parrain. Lui qui n'avait jusqu'à maintenant qu'entretenu de petits business à droite et à gauche, le sent désormais. Il avait ça en lui depuis tout ce temps. Être un leader.

L'aide de Stephen y est également pour beaucoup.

Peter, Elisha, Michael et Andrea sont, pour la première fois depuis longtemps, partis en vacances. Les plages brûlantes du Brésil leur vont bien au teint.

Il faut se rendre à l'évidence, tout se passe pour le mieux. L'ancienne génération se repose, remplacée par la nouvelle aux idées fraîches.

Tout va pour le mieux.

Catherine et Tyler ont décidé que l'Angleterre serait leur nouveau foyer. Leur terrain neutre. Aucun des deux semblant regretter son pays d'origine.

— Notre terre est celle où nous nous trouvons tous les deux, a dit Tyler.

Laura Deville est retournée en France, dans sa Normandie natale. Le plus perfectionné laboratoire médical de Rouen peut désormais compter une nouvelle laborantine dans ses rangs. La jeune femme, même si elle semble épanouie en apparence, espère secrètement dans un coin de sa tête qu'elle reverra un jour la belle Catherine.

Jesse Gallagher continue de faire la fierté de sa famille et le *garçon piégé* est devenu malgré lui, une super star.

Son livre *accusé à tort* se vend comme des petits pains.

Tout va pour le mieux. Du moins, dans le monde des humains.

Ailleurs, depuis les limbes démoniaques d'un autre plan d'existence invisible à nos yeux, le démon du sexe constitué de fumée noire observe en silence toutes ces femmes qu'il a un jour approché.

Catherine, Britney, Laura, Megan, Elisha, Andrea.

Le démon observe également les hommes qui entourent ses proies, un peu comme on observe une mouche avant de leur projeter un spray antimoustique.

Il sourit. Il attend.

— Je n'en ai pas encore terminé avec vous, murmure-t-il.

Ailleurs encore, à Oxford, les *bandits solitaires* contemplent avec excitation la tenue de la princesse Missandra qu'ils ont achetée sur internet. Celle-là même que la belle Catherine a promise de porter à la convention *Lords of Queens & Dragons.*

— Elle n'acceptera jamais d'enfiler ça, dit Simon. Il est trop petit, tu l'as pris deux tailles en dessous !

— Je l'ai fait exprès banane ! Est-ce que tu as bien regardé Catherine ? C'est un canon ! La plus belle fille de la terre ! Ou du moins, une des plus belles. Imagine-la, portant cette espèce de bikini doré trop petit.

— Tu es un porc Danny ! dit Louis. Mais... tu as raison. Dans cette tenue, je pense que tous les mecs présents à la convention mourront en la voyant.

— Tu m'étonnes Elton ! reprend Danny. Et puis... elle ne sera pas nue : le costume comprend un protège-épaule muni d'une sangle et une ceinture de cuir avec un fourreau pour mettre *l'épée de la destinée.*

— Exact.

— Exact.

Le 1er décembre 2047, au célèbre Devonshire Dome dans la ville de Buxton, Angleterre, se tient la convention *Lords of Queens & Dragons*. Des milliers de fans, sont venus assister à l'événement. Au programme, cosplay, achats de livres, romans, bandes dessinées. Séance de dédicace avec l'auteur du roman, Gary Todd, et bien sûr... concours de déguisement.

L'attraction la plus populaire de la convention et secrètement, la plus attendue. L'occasion de voir les fans revêtir des costumes inspirés des divers personnages du roman.

— Avant de commencer le concours de cosplay ; hurle un animateur engagé pour l'occasion qui gesticule sur une scène avec un micro à la main ; nous allons vous montrer en exclusivité mondiale, la bande-annonce du Film : *Les chroniques de Missandra* !!!!!!!!

Difficile de décrire l'hystérie qui s'est emparée du dôme à cet instant précis. Une sorte d'orgie sans sexe. Juste un nombre incalculable de personnes, hommes et femmes, semblant avoir un orgasme en même temps.

La jouissance totale.

Projeté sur un écran blanc géant, le dôme plongé dans le noir voit démarrer une vidéo entrecoupée par un texte.

Bientôt... peut-on lire en lettres dorées sur un fond noir.

Une opulente poitrine serrée dans ce qui ressemble à un bikini doré apparaît brièvement entre deux fondus au noir ce qui provoque déjà un raz de marée de hurlements dans la salle.

— MISSAAAAANNNDRAAAAAAAAAA !!!!!! peut-on entendre dans le noir.

Une longue chevelure rousse apparaît, filmée de dos dans un décor évoquant l'Écosse ou un quelconque bord de falaise.

Les hurlements redoublent.

Des coups d'épée sont échangés entre deux personnages filmés en ombre chinoise. L'un d'eux semble être la princesse Missandra à en juger par sa silhouette sans aucun doute féminine, en face d'elle, une sorte de colosse en armure portant un casque orné de cornes.

— Lord Karr Yvan !!!!! hurlent plusieurs personnes.

Puis, une succession d'images ultra rapides, où se mêlent tout et n'importe quoi en rapport avec le thème médiéval.

La légende prend vie... dit un nouveau texte.

Un plan excessivement long sur la paire de fesses de l'héroïne suivi d'un rapide zoom sur les yeux verts de la jeune femme semble clôturer la vidéo. Le tout, dans un surprenant silence de mort de la part des fans ayant – à en juger par leur têtes – atteint le paroxysme du bonheur.

— Wou-Hou ! hurle l'annonceur dans son micro. Voilà des images qui dépotent !! Nous avons tous hâte de voir ce film qui devrait sortir sur les écrans l'été prochain. D'ici là, le moment que vous attendez touuuuuus !!! Le défilé de cosplay !!!! Comment ? Oui le concours, pardon ! Place au spectacle !!!!

Une improbable succession de gens déguisés se succèdent sur la scène, agrémentée des commentaires à la limite de l'indécence de l'annonceur qui semble peu à peu perdre tout discernement.

— Mammamia !!!!! C'est Missandra ou la petite sœur de Missandra ? dit-il à une jeune femme au physique quelconque. Malgré tout, on rêverait de se glisser entre vous deux !!!

Pendant ce temps, en coulisse, Catherine, accompagnée de ses trois amis et enroulée dans un plaid de laine blanche, attend son tour pour monter sur scène, un petit pin's à sa ceinture, arbore le numéro 47.

— Numéro 44 ! souffle un technicien derrière un rideau. C'est à vous !

Une jeune femme, légèrement en surpoids, monte sur scène habillée en ce qui ressemble à un troll femelle.

— C'est bientôt à toi, ma belle ! dit Danny.

— Il est hors de question que je monte sur scène dans cette tenue, dit la déesse avec un calme olympien.

— Quoi ??? s'exclame Simon. Mais tu ne peux pas abandonner maintenant ! On y est ! Ta tenue est parfaite ! Tu es magnifique !

— Les gars... ce costume est si petit que j'ai du mal à respirer, souffle-t-elle. Mes seins ressemblent à des œufs au plat, et le bikini me rentre dans les fesses et... et ailleurs aussi...

— Kate. Tous ces mecs rêvent depuis des années de voir apparaître en vrai leur héroïne de fiction préférée et c'est toi. Tous ces laiderons qui viennent de monter sur scène, ils ne ressemblent pas du tout au personnage. Mais toi... tu es Missandra dans les moindres détails. Même Gary Todd en personne va pleurer en te voyant.

— Il va pleurer ou éjaculer ? demande Kate.

— Probablement les deux en même temps, dit Simon. Mais dis-toi que ce sera le cas de toutes les personnes dans ce dôme.

— Tu es conscient que ça ne m'encourage pas du tout ? demande la jeune femme.

— Numéro 46 ! souffle le technicien.

— Kate ! Pour l'amour du ciel, tu t'es teint les cheveux en roux pour l'occasion !! Ne me dis pas que tu as fait tout ça pour rien ? Tu n'as pas envie d'être élue *meilleur cosplay* de ce concours ?

— C'est à dire, je n'en ai rien à foutre ! Oh ! Et puis merde ! Vous voulez que je monte sur scène ? Vous voulez me voir rouler du cul presque nu ? Vous avez gagné les puceaux ! J'y vais et je vous emmerde !

— Numéro 47 ! À vous ! dit le technicien.

— Toi aussi, je t'emmerde ! lance la belle avant de monter sur scène.

La foule, amusée par le défilé pour le moment peu convaincant du concours de cosplay, semble malgré tout passer un bon moment.

L'annonceur totalement hystérique se met à jongler avec son micro en le lançant de plus en plus haut.

— Wou-Hou ! vomit-il. Il y a du niveau cette année ! Un tel défilé de barbaque va finir par attirer les loups !!!

Sur ces mots, l'homme lance son micro comme s'il espérait atteindre le plafond du dôme. C'est le moment que choisit Catherine pour monter sur scène.

Ses longues jambes, roses comme celles d'un bébé, resplendissent littéralement sur scène, tandis que tous les yeux se lèvent le long de son corps comme pour la déshabiller, jusqu'à solidement se fixer sur sa généreuse poitrine.

Le monde entier est tombé dans le silence.

Plus aucun bruit alors que la belle, s'amuse à donner en souriant une légère tape dans sa longue chevelure afin de la ramener en arrière, laissant ainsi éclater toute la beauté de son ravissant visage.

L'assistance a perdu sa langue et l'annonceur, a complètement oublié le micro qu'il venait de jeter en l'air.

En fait à cet instant précis, il est tout bonnement incapable d'expliquer à qui que ce soit, ce que peut bien être un micro.

Le choc est malgré tout violent quand l'objet tombe sur le sommet de son crâne et l'assomme, le faisant instantanément disparaître derrière la scène.

Cet événement réussit à réveiller l'assistance qui sort soudainement de sa torpeur, provoquant aussitôt une vague de cris de joie, des hurlements d'hystérie et même pour certains, des larmes.

— MISSANDRA ! MISSANDRA ! MISSANDRA ! scande la foule en délire.

Kate, dont le sourire ravageur briserait la lune en deux, lève les bras comme pour encourager les hurlements de la foule. Ce qui provoque la perte de conscience de certains fans qui s'effondrent sur le sol.

— Merci à tous ! lance-t-elle d'une voix de sirène.

Gary Todd, l'auteur du roman, regarde Catherine, les yeux emplis de larmes. Son personnage est en vie devant lui. L'émotion le rend catatonique.

En coulisse, Danny réussit à murmurer quelque chose à la belle.

— *Que l'épée de la destinée s'empare de vos âmes !*

— Quoi ? demande-t-elle.

— QUE L'ÉPÉE DE LA DESTINÉE S'EMPARE DE VOS ÂMES !!! crient les trois garçons.

Kate, dont les fesses semblent rebondir l'une contre l'autre, a perdu toute sensation dans ses jambes, son dos et sa poitrine. Le costume trop serré l'empêche même de respirer convenablement. Pourtant, la beauté brune (ou rousse dans le cas présent) trouve la force de se présenter parfaitement droite sur le bord de la scène, ce qui fait instantanément remonter davantage son bikini entre ses fesses et entre ses jambes.

Les joues rougies par l'inconfort de sa tenue et la chaleur étouffante qui domine l'endroit, Catherine sort l'épée de son fourreau et, le regard déterminé, regarde la foule d'un air menaçant en brandissant l'arme de plastique, imité par l'ensemble du public qui lève le bras à son tour.

— Que l'épée de la destinée s'empare de vos âmes ! hurle Kate.

En coulisse, les murs du dôme semblent vibrer, comme secoués par un tremblement de terre. Les trois amis contemplent la déesse, éblouis par son incomparable beauté.

— Je crois que je viens de tomber amoureux d'elle, dit Simon.

— Moi aussi, dit Louis.

— Moi aussi, les mecs ! dit Danny. Moi aussi...

41. L'HERITAGE.

Un mois plus tôt, le 11 Novembre 2047.

À l'hôtel Fernando Meirelles (du nom du célèbre réalisateur de cinéma brésilien), situé au cœur de l'état de Rio de Janeiro au Brésil, Elisha, écoute le bruit de la mer qui s'étend à l'infini devant le balcon de sa chambre.

On pourrait penser, que la carte postale envoyée d'Oxford par Catherine souhaitant à sa mère d'une part, un très joyeux anniversaire et d'autres parts, lui annonçant son désir de rester en Angleterre, l'aurait rendue un peu triste. Mais il n'en est rien.

Il y a longtemps, Elisha elle-même a rêvé de vivre la même chose.

La mère de la déesse rit en pensant que la vie est surprenante et que sa fille vit finalement celle qu'elle n'a pas eue.

Elle n'est pas jalouse. Mais simplement heureuse.

Le destin est étrange.

Il y a peut-être bien un dieu là-haut en fin de compte ? Se surprend à penser la brune ténébreuse.

Celle qui, il y a longtemps, a dit à sa professeure d'éducation civique, miss Anders, qu'elle ne croyait pas en Dieu est presque tentée de penser qu'elle s'est trompée.

Destin ou fatalité ?

On s'en moque, pense Elisha. L'important, est que Catherine soit heureuse.

La carte postale était accompagnée d'une photographie de Catherine et Tyler dans les bras l'un de l'autre.

— Jolie photo, dit Peter qui vient d'entrer dans la pièce. Notre fille a l'air heureuse.

— Oui, dit Elisha. Elle est radieuse. J'aime beaucoup le tatouage qu'elle s'est fait faire, dit-elle souriante.

— On dirait ta *rose des vents* mélangée avec... un trèfle à trois feuilles ? Notre fille a intégré un gang irlandais ?

— Non... soupire-t-elle. Je pense qu'elle veut montrer à son chéri qu'elle est à lui. Pour toujours.

— C'est mignon.

— Oui, très. Répond-elle les yeux humides.

— Tu pleures ?

— Tu te souviens de ce que je t'ai dit quand nous sommes allés à Hope valley il y a maintenant... vingt-cinq ans ?

— Chérie, je ne me souviens même pas de ce que j'ai mangé hier midi... alors non, je ne me souviens plus. Rafraîchis-moi la mémoire.

— Je t'ai dit que... j'avais le sentiment étrange que mes aventures touchaient à leur fin.

— Oui, ça me revient. Et alors ?

— Alors ça y est. Ce sentiment est revenu et j'ai l'impression qu'aujourd'hui... c'est vraiment terminé.

— Tu parles de Catherine ?

— Oui. Ce sont ses aventures à elle désormais. La nouvelle génération. Nos enfants. Pour nous... c'est fini les conneries.

— Oh ! Mais... je pense qu'avec un tout petit peu de bonne volonté ; dit-il souriant ; on doit encore pouvoir foutre la merde ici et là !

Elisha éclate de rire à ces mots.

— Tu as raison, nous ne sommes pas encore des Has-been.

— Elie. Même si tu as raison. Même si Catherine est désormais une jeune femme à l'orée de sa vie, elle aura quand même besoin de ses parents. Elle pourra toujours compter sur nos conseils.

— Je sais.

Elisha et Peter, accoudés au balcon de leur luxueuse chambre d'hôtel, apprécient une coupe de champagne en relisant la carte postale envoyée par leur fille.

Maman,

Je te souhaite un joyeux anniversaire en espérant que cette carte te parviendra à la bonne date.

Ici, tout se passe bien, Tyler et moi avons décidé de rester en Angleterre pour y vivre et fonder notre famille.

Je pense qu'à ma place, tu aurais fait le même choix.

Je vous embrasse très fort papa et toi.

Je t'aime et te dis à bientôt.

Catherine.

P.S : On dirait que j'ai finalement réussi à conjurer le sort.

Épilogue

Georges Perez connaît son affaire. *Le vieux croûton* comme tous le surnomme, est un vétéran de l'information. Celui qui a tout couvert, depuis la guerre des terres rares en 2032 jusqu'à une tranche de pain de mie affichant le visage de Jésus Christ, a déjà tout lu. Le pire. Le meilleur. Le moyen, passable, sans couilles, amusant, rentre-dedans, inutile.

Le berger allemand qui a sauvé un nouveau-né d'un incendie ? C'était lui.

Pourtant, l'homme d'expérience n'avait encore jamais lu ce qu'on vient de poser sur son bureau.

Une étudiante d'Oxford s'enfuit au Mexique dans les bras d'un gangster américain avant même d'avoir obtenu son diplôme.

La jeune femme, assise sur le siège en face de lui, n'en finit plus de tortiller les deux immenses mèches de cheveux noirs qui encadrent son front. La belle est manifestement nerveuse et se surprend à se demander si son C.V. est bien à jour. En effet, Catherine s'imagine d'ores et déjà que si cet entretien ne se passe pas aussi bien que prévu, elle doit sans tarder préparer le prochain.

Pragmatique, a dit Tyler.

Un mot qui définit bien la beauté froide.

Mercredi Adams...

La digne fille d'une déesse qui aurait pu, d'un simple claquement de doigt, mettre le monde entier à feu et à sang.

Quand l'homme bedonnant à la fière tignasse grise parfaitement coiffée avec un peigne repose délicatement le morceau de papier sur son bureau, celui-ci s'accorde quelques secondes de calme pour jouer avec les épaisses bretelles rouges qui soutiennent son pantalon à pince beige.

Quand son niveau de concentration atteint finalement son paroxysme, l'homme parle d'une voix calme.

— Tout ceci est authentique ? demande Perez.

— Absolument, répond-elle. Mais... cette histoire est confidentielle. Elle n'aurait pas dû quitter les murs d'Oxford. Je ne peux donc rien prouver.

— Bien sûr... mademoiselle *Sainte-Rose,* c'est bien ça ?

— Oui, monsieur.

— Catherine Andrea Sainte-Rose... je ne me suis pas encore présenté, mon nom est George Perez, je suis le rédacteur en chef du Vortex, enchanté de vous rencontrer. Dites-moi, cet article que j'ai sous les yeux... vous êtes consciente qu'il est mauvais ?

— Il ne vous a pas plu ?

— Sur le fond oui. Mais pas sur la forme.

— C'est en écrivant qu'on apprend à écrire, non ?

— Vous êtes une petite maline vous hein ? Et ça me plaît d'autant plus que votre style actuel me rappelle celui d'un autre jeune journaliste dans nos rangs qui, il y a plusieurs années de cela, écrivait largement aussi mal que vous.

— Qu'est-il devenu ?

— Rédacteur en chef.

— Oh !

— Eh oui ! J'ai commencé tout en bas de l'échelle pour finir là où je me trouve aujourd'hui. Je sais donc reconnaître quelqu'un qui a du potentiel quand je l'ai en face de moi.

— Mais je n'ai quand même pas le job.

— *Le job ?* Vous êtes américaine ?

— Oui. Mais je viens de passer les trois dernières années à Oxford.

— Je vois... d'où cet étrange accent à la fois agressif et sexy.

— Je... je fais ce que je peux, monsieur... (dit-elle comme si elle rapetissait à vue d'œil).

— Écoutez ma jolie, votre profil est intéressant, mais le quotidien ne recherche, pour l'instant, pas de nouveau reporter. J'aurai en revanche un autre *job* à vous proposer. Voyez-vous, le Vortex va bientôt fêter les vingt ans de son JT live diffusé sur internet. J'aimerais à l'occasion nommer une nouvelle présentatrice à sa tête. Et votre étrange accent américain mis à part, je pense que vous avez les qualités requises pour remplir ce rôle.

— Vous... vous voulez faire de moi la pétasse de la météo ?

Non. La *pétasse* des chroniques internet. Vous serez diffusée à travers tout le pays via, T-Com, Agnes, tablette... vous deviendrez le nouveau visage incontournable de l'île, *une méga rock star* comme on dit chez vous. Alors ça vous tente ?

Fin de la partie IV.

Cursed Soul (vol.4)

Les éditions ECHO Éditions s'inscrivent dans une démarche de partage, afin de donner à tout un chacun la possibilité d'écrire et de promouvoir son œuvre, quel qu'en soit le genre :

- Roman, thriller
- Témoignage
- Société
- Technique & scientifique…

Plus d'informations ou envoi de manuscrit :

www.echo-editions.fr

ECHO Éditions, partenaire de l'Alsace

Dépôt légal : novembre 2022

Imprimé en France
FRHW012328260922
32197FR00002B/3

9 782381 022345